ブックレット〈書物をひらく〉33

草双紙って何？

赤本・黒本青本は主張する

松原哲子

平凡社

草双紙って何？――赤本・黒本青本は主張する［目次］

はじめに

草双紙《くさぞうし》と呼ばれる文学ジャンルがある。詳しいところはおいおい示すが、筆者が専ら研究対象としているのはこの草双紙であり、そのなかでも「赤本《あかぼん》」や「黒《くろ》本青本《ぼんあおぼん》」と称される初期草双紙の一群である。初対面の人との挨拶時に、「あなたの研究テーマは何ですか?」と問われ、「草双紙です。主に黒本青本を対象としています」と答えても、相手がピンとこない場合、「黄表紙《きびょうし》のちょっと前です」と補足すると、「ああ、そんな感じか」と合点がいったという様子になることがある。また、近世文学の専門家のなかでも草双紙を研究対象としない人との会話中に「草双紙」が話題に上る場合、「草双紙」の範疇を指す言葉として「黄表紙」の語を使用する人に出くわすことがある。その人は文学史上の定義を知らないわけではない。草双紙に分類する資料全体を一摑《ひとつか》みにする言葉として、感覚的に「黄表紙」の語を使用しているのである。それほど、草双紙のなかで黄表紙は存在感が大きい。黄表紙は草双紙を象徴する存在であり、黄表紙以前に存在していた初期の草双紙は、黄表紙との比較によって語られる存在となっている。

本書では、黄表紙の嚆矢《こうし》であり、草双紙の中で随一の有名作品である『金々先《きんきんせん》生栄花夢《せいえいがのゆめ》』に関係する幾つかのトピックに触れながら、草双紙を順当に理解し、楽しむうえで、知っていてほしいポイントを紹介していく。

繰り返しになるが、筆者の研究テーマは赤本や黒本青本である。「黄表紙がいくら目立つ存在で、手に取って読みやすく、読んだら面白いからって、うちの子をぞんざいに扱ってほしくないわ」という思いで本書を示す。初期草双紙を正しく理解し、その情報を得ることは、草双紙をより正しく理解することや、大衆の営みの中で生み出されたはかない媒体が古典を今に繋ぐ役割を果たしたことを感じ取ることに繋がると考える。

一▶草双紙とは——南畝先生の文学史

1　赤い赤本、黒い黒本、黄色くても青本

江戸時代半ばごろから、江戸の町で製造・販売された大衆向けの絵入り小説に草双紙《くさぞうし》がある。文学史では、草双紙を見た目（表紙の色や製本方法）や年代ごとに分類し、赤本《あかぼん》・黒本《くろぼん》・青本《あおぼん》・黄表紙《きびょうし》・合巻《ごうかん》の順に展開したと整理する。基本的に美濃判の紙を半裁し、二つ折りして袋綴《ふくろと》じした中本《ちゅうぼん》サイズで刊行された。中本はだいたい今のB６判（縦約十八センチ、横十三センチ程度）で、紙面の多くが挿絵で占められ、余白に地《じ》の文《ぶん》（叙述）やせりふが配されている様子は、今でいうと漫画のコミックス版に近い印象を受けるが、せりふが吹き出しで括られていないなど、実際に読んでみると、構成上の特徴やルールが異なる点に気づく。

漫画とのいちばんの違いは、ストーリー展開を画像として落とし込む方法である。およそ現代の漫画が一ページにつき複数のコマ割りを施し、ストーリーの展開を比較的細かく絵で表現していくのに対し、草双紙は基本的に見開き一面一場

面、もしくは画面中央に分割線等を設けて二場面にする程度である。草双紙の挿絵は、各場面を端的に表す瞬間を切り取ったものであり、それらを地の文やせりふが補足して繋いでいく構成になっている。その点では、ストーリーを時系列順に説明するコマと、山場の瞬間を表現したたいてい大きなコマとを取り混ぜて展開していく漫画よりも、一図を示しながらその場面の前後のストーリーを語る紙芝居に近い性質を持っているといえる（図1）。

図1　『立春大吉／色紙百人一首』11丁裏・12丁表　草双紙の画面構成の典型例

『立春大吉／色紙百人一首』　表紙に貼付されている二枚の題簽《だいせん》の左側を外題簽、右側を絵題簽という。二枚題簽の様式は初期草双紙において、専ら鱗形屋が使用した様式である

もうひとつ、草双紙は総じてページ数（丁数《ちょうすう》）が少ない。先ほど「コミックス版に近い」と述べたが、厚さは一冊数ミリである。基本、料紙を二つ折りにして五枚（五丁）重ね、簡単な表紙・裏表紙を付けて綴じたものが一単位（一巻、一冊）で、ストーリー性がないものやごく小さな規模のストーリーなら一巻で完結する場合もある。黒本青本を例に挙げると、多くは二巻ないし三巻で、ストーリーの発端からハッピーエンドまでを収める。

後期になるにつれ、長編化され、複数冊を合綴する「合巻」となり、『偐紫《にせむらさき》田舎源氏《いなかげんじ》』のような長編合巻（三十八編、百五十二冊、未完）も生み出されるが、

（後に、蔦屋重三郎は古風な雰囲気を演出するものとしてか、この様式を採用している）。外題簽には題名・板元商標等が配置される。書名の上には「新板」という文字や刊行年の干支を表す絵が配置されるが、本作品の場合は通常と異なる書体で「新板」という文字が配されている。これは、干支の絵が配置されていた期間の、ある年のデザインと推定される。鱗形屋の題簽様式に関する筆者の検証結果としては、この意匠は宝暦十一年（一七六一）のものである可能性が高いと思われる。

図２　『立春大吉／色紙百人一首』表紙　文字と絵の二つの題簽を使用（絵題簽はやや破損）

草双紙の基本的なかたちは草創期から再末期まで統一された。

　文学史上、草双紙のなかで最も注目されたのは黄表紙である。幕府が置かれることで新興の町となった江戸は、はじめは京・大坂から下ってきた文芸を受け取る立場であったが、町の成熟とともに、次第に江戸の町のニーズに合った文化的活動が興り、独自の展開を見せるようになった。草双紙は江戸の町の情報を取り込んだ、ちょっとした出版物として、江戸の地で生産・販売されるようになったものである。そのような江戸の町独自の展開を象徴する、草双紙のなかでも、大人の読者を楽しませる作品性を伴ったものとして、黄表紙の存在に注目が集まった。

　黄表紙の嚆矢は安永四年（一七七五）に鱗形屋《うろこがたや》から刊行された恋川春町作・画の『金々先生栄花夢』である。この作品から黄表紙の時代が始まったといっても、本の見た目は青本と同じで、共に黄色い表紙の草双紙である。

　図１・２に示した『立春大吉《りっしゅんだいきち》／色紙百人一首《いろがみひゃくにんいっしゅ》』▲は同じく鱗形屋の草双紙であるが、刊行時期は宝暦十一年（一七六一）ごろとみられるので文学史上は青本（黒本青本）に分類される。『金々先生栄花夢』とは十五年程の開きがある

が、宝暦期半ばから安永期にかけて、鱗形屋は正月の新板には黄色い青本体裁の表紙に二枚様式の題簽《だいせん》を用いていた。その後、鱗形屋は題簽の様式を一枚に変更するが、表紙については同じ青本体裁を用いつづけた。これは他の板元による草双紙でも同様である。文学史で青本と黄表紙とを分ける理由はモノとしての様式の違いによるものではない。大田南畝やその周辺の草双紙作者が示した文学性の転換を重視した文学史上の処理なのである。

2　金々先生の登場——大田南畝の太鼓判

『金々先生栄花夢』は、謡曲の「邯鄲《かんたん》」▲をモチーフにしている（図3）。田舎者の金村屋金兵衛が、成功しようと江戸を目指し、中心地に到着する手前の目黒不動の門前の粟餅屋《あわもちや》で休憩し、注文した粟餅が搗《つ》きあがるのを待つ間に寝てしまうが、夢の中でさまざまな出来事が、という展開である。最後は、はっと目が覚めて、人生なんてこんなものだと思い直して帰郷する、とセオリーどおりのエンディングなのだが、そもそも主人公がなぜ町に来たのか、という理由が全く違う。金兵衛は江戸での成功を夢見る青年だが、彼の考える成功とは「うき世の楽しみを尽くす」ことで、その方法は、「江戸へ出て番頭株とこぎつけ　そろばんの玉は

邯鄲　中国の唐代伝奇小説『枕中記』にみえる故事。出世を望んで邯鄲の町に来た青年盧生は、栄華が思いのままになるという枕を道士から借りて仮寝をした。すると、栄枯盛衰の五十年間の人生を夢に見たが、目覚めてみると、寝る前に注文した黄粱の粥がまだ炊きあがってもいない束の間であったという中国の故事。「邯鄲の夢」「一炊の夢」ともいう。日本でもよく知られ、謡曲ともなった。絵画化される際には、手に持った団扇で顔を隠し、吹き出しの中に夢の内容が示されるのがお決まりで、『金々先生栄花夢』でもそれに倣った構図を採っている。

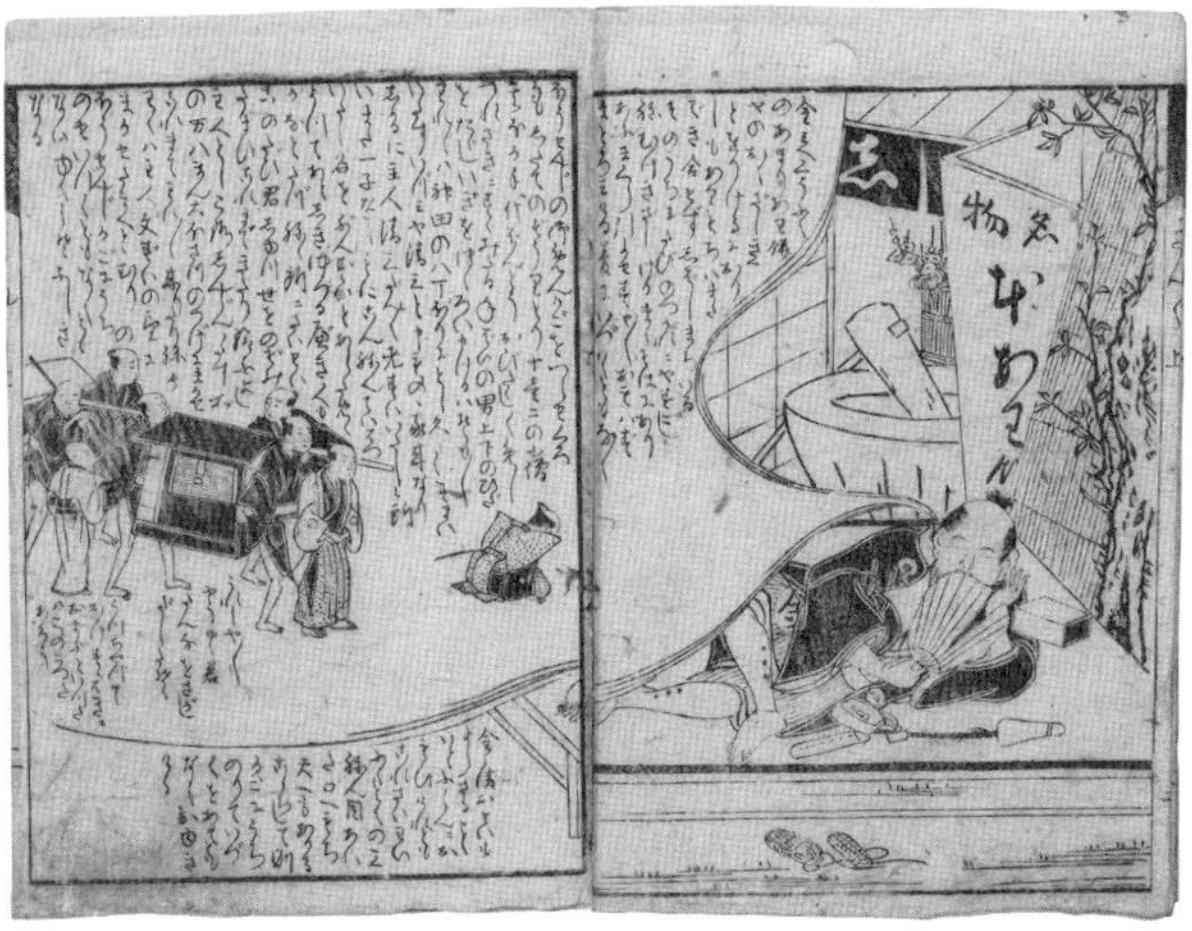

図３　『金々先生栄花夢』１丁裏・２丁表　粟餅屋で夢を見る主人公

づれお［ママ］しこため山」すること、つまり、商家に就職して、番頭になれたら横領し、その金で豪勢に遊ぶ、というための上京である。人生に悩んだ青年盧生が主人公の「邯鄲」のストーリーを知っている読者には、冒頭からなんだこいつは、と呆《あき》れ笑いを誘うスタートである。茶屋でうたた寝をすると、豪華な駕籠で大店《おおだな》の養子になってほしいと使いが来て、一足飛びに夢の生活が叶う。いかにも田舎者の風情だった金兵衛は養子に入って改名し、粋な髪形やファッションに身を包み、取り巻き連中から「金々先生」ともてはやされ、吉原へ、次は深川へと放埒な生活を送るが、次第に綻《ほころ》びが生じはじめて、最後ははっと目が覚める、という展開である。作中に、さまざまな遊里と関係の深い語がちりばめられるなど、洒落《しゃれ》本《ぼん》（遊里での遊女と客のやり取り等を会話体で表現したもので、ガイドブック的にも読まれた）の世界が上手い具合に草双紙に落とし込まれており（図4）、大田南畝に「草双紙といかのぼり（凧揚げ）は大人のものになった」と、天明元年（一七八一）の草双紙評判記『菊寿草』序文で振り返られた。

　この大田南畝のコメントは当時の草双紙業界の評価を反映し

図４　『金々先生栄花夢』４丁裏・５丁表　お洒落に変身した主人公

たもの、もしくは評価に影響したもののようである。恋川春町は次々と新しい作品を世に送り出した。他の新規参入の草双紙作者は春町と似た発想の作品や、新奇の趣向を作中に積極的に取り込んだ作品を盛んに発表し、さらには自作の中で自画自賛するような動きを見せるようになった。

新傾向の草双紙群の作中には、従来の草双紙（赤本・黒本）が子ども向けのたわいもないものであったのに比して、自らの示す作品は大人が読んでも面白い、お洒落で洗練されたものだと喧伝する文言がちりばめられていく。先述のとおり、近代以降、草双紙のなかで最も評価され、広く紹介されたのは黄表紙であったから、その中で表現された新旧の草双紙の比較イメージ、例えば、子ども向けの赤本に対して大人向けの黄表紙、元ネタの単なるダイジェストである黒本青本と巧みなアレンジの黄表紙といった対比の構図は、キャッチーなものであり、名作と評価されて活字化された黄表紙を中心に草双紙を知っていった後世の読者にとっても受け入れやすかった。また、赤本・黒本青本についても、かつて刊行された『近世子どもの絵本集　江戸篇』（鈴木重三・木村八重子編、岩波書店、一九八五年）や『江戸の絵本』Ⅰ～Ⅳ（叢の会編、国書刊行会、一九八七―八九年）を見ても、そこに載る黄表紙期以前の草双紙の多くは子どもが読んで楽しめそうな様子の作品で、赤本や黒本青本にだって大人向けの、子どもをメインターゲットとしない作品があったのでは、という可能性について検討する必要を強く感じさせるものではない。南畝先生が『菊寿草』で示したとおり、『金々先生栄花夢』の登場が草双紙業界に大きな衝撃を与え、変化をもたらしたのだ、とこの作品を転換点として草双紙を分類する考え方が定着していったのである。

3　黒本が早いか、青本が早いか――後摺本の存在の意味

さて、黄表紙と青本とは見た目は同じものであると述べたが、文学ジャンル名としては、青本は黒本と併記されることが多い。表記の仕方としては、「黒本・青本」と間に中黒を打つもの、「黒本青本」と黒本を先に示すかたちで連記するもの、「青本黒本」と青本を先に示すかたちで連記するものがある。表紙の色が明らかに異なる両種をなぜまとめて扱うのかというと、これは、一定期間、正月の新板として新たに販売する作品には黄色い表紙の青本体裁を付し、それを翌年以降販売する場合には黒い表紙を用いたと見込まれるためである。

かつて、国内外の草双紙を悉皆調査することが困難であった時代には、黒本には定番の演劇や古典のダイジェスト版が多いのに対して、青本には時事性が高かったり、同時代を舞台とした恋愛物が目立ったりするといった傾向の違いを指摘されることもあった。「黒本・青本」と間に中黒を打つ表記は、本の見た目も内容も違うという立場で、黄表紙以前の赤本以外の草双紙を一括した表現である。

その後、現存する初期草双紙についての実態調査が進み、この表紙の色の違いは内容によるものではなく、青本は初摺《しょずり》の新板の装訂、黒本はそれを二度目以降に再摺した際の装訂であることが分かった。青本が先で黒本が後であるということで一九〇〇年代末に提示された表記が「青本黒本」である。本の見た目は違うが内容は同じで青本が初摺、黒本がその後摺《あとずり》であるという流れを踏まえた表記である。

「黒本青本」は、右の初摺と後摺の表紙の使い分けの以前に、初摺の新板に黒い表紙が付された期間があったことを踏まえた表記である。筆者はかつて鱗形屋の草双紙の表紙や題簽の情報をありったけ集めて整理してみたことがある。確かに、鱗形屋の草双紙のなかには、中身も題簽も同じなのに、青本体裁と黒本体裁の二種が存在する例が複数あり、印刷の鮮明さの違い等からそれらが初摺と後摺の関係にあることを確認した。ただし、それ以前に黒い表紙に一枚題簽を配した様式が存在することも確認した。つまり、初摺に使われた表紙としては黒本が先で青本が後、でも後摺としての黒本もその後存在するので二つを分けることができないということである。本書ではこの状況を踏まえ、ジャンル名として「黒本青本」を用いることとする。

このような後摺本の存在は、実は草双紙の性質を考えるうえでひとつのポイントとなるものである。草双紙は、作品が生み出された時の江戸の町の情報を取り込んだかたちで世に出るという基本的な性質がある。赤本や黒本青本では、江戸の町で上演された演劇の筋を持った作品が翌年の正月に刊行されたり、前年の舞台で評判を取った歌舞伎役者の名が引かれたり、江戸で▲出開帳《でがいちょう》のあった際には宝物や所蔵先の寺院ゆかりのストーリーが作品化されたりなどの、一定の時事性を持っている。

一方、赤本・黒本青本は元となる先行文芸の素朴なダイジェスト版であった、という見方も定着しており、実際、現代においても定番となっている古典作品を順当にダイジェスト化し、草双紙の体裁に落とし込んだ例も少なくない。

定番的な内容のものは、ストーリー自体は何年経っても古びないといえる。現代の中学校や高等学校の国語科の教科書に掲載されている古典作品、またその作品のうちの採録されている場面の多くが、赤本・黒本青本として作品化されてい

出開帳の……　出開帳とは、寺院の本尊や秘仏などを他の土地に運んで公開することである。江戸での出開帳を受けて刊行されたとみられる草双紙の例をひとつ紹介する。延享二年（一七四五）刊『江嶋児淵《えのしまちごがふち》』は、しのふの平次という猟師の物語と、鎌倉建長寺の自休と白菊の、いわゆる稚児ヶ淵の物語を綯《な》い交ぜている。平次は途中出家して建長寺高徳庵の弟子となって白菊と出会う。比留間尚「江戸開帳年表」（『江戸町人の研究』第二巻、吉川弘文館、一九七三年）によれば、延享元年七月から八月にかけて、鎌倉高徳院の開帳があり、本作品はこれを当て込んで、翌延享二年に刊行されたものと推定される。

る。そのあり方は、現代の古典研究の成果としての指標に照らすと、正しい作品の理解に繋がらない場合も多いが、草双紙の存在は、日本の名作古典・定番古典を現代へと繋いだバトンの役割を担ったともいえる。

現存する草双紙を見てみると、存外後摺本が多い。数でも初摺を上回り、後摺体裁のみが現存するという例も少なくない。草双紙の伝本は、販売された時の装訂をきちんと留めていないことが多いので正確な割合は示せないが、現存する黒本青本の多くが後摺本である。表紙の色を後摺仕様に変えるだけでなく、表紙に貼付する題簽のデザインを変え、あるいは作品のタイトルを変更したうえで販売した伝本も存在する。さらには、元来の出版元が廃業した後、他の板元から刊行される例も散見される。つまり、草双紙は、一度限りではなく、買う人がいれば、繰り返し製造・販売されるものであったということである。ある年の草双紙の特性は、などと考えようとすると、その年の新板物（新作）を並べて、作品性を評価したりなどするものであるが、読者がその時に手に入れ、読むことができた範囲はもっと重層的であったといえる。

二▶赤本は「子ども絵本」か

1 『菊寿草』序文を検証する

先述の大田南畝の『菊寿草』序文には、鱗形屋の江戸の町での出版活動を振り返ったとみられる戯文が示されている。

それ鱗はこけ也。こけはすなはち不通なり。今天下に大通の道行はれ、こけはさら〳〵入用なし。上は北条のおれき〳〵、下は汝らごときの町人、貴賤上下ひつくるんで、皆大通へみちびかんと、こけやうろこは此方《こなた》へせしめうるし▲と出かけたり。しかれども汝が家はふるき家にて、源のより信の御内にまいりては、から紙表紙《べうし》一重へだてゝ、竹つな金平の用をもきゝ、花さき爺《ぢゞ》が時代には、桃太郎鬼が島の支度《したく》を請負《うけおひ》、舌《した》きり雀《すゞめ》のちうを尽し、兎《うさぎ》の手がらの数をしらず。そのゝち代々の記録《きろく》をつかさどり、青本〳〵ともてはやされ、かまくらの一の鳥居のほとりに住居し、清信《きよのぶ》きよ倍《ます》清満《きよみつ》など、力をあ

せしめうるし　「瀬〆漆」は漆の枝から採取したままの樹液のこと。「せしめる（うまい方向に物事を進めて自分のものにする）」の意味を込めた言葉遊びで、草双紙によく用いられた。

はせ、年〳〵の新板世上に流布《るふ》す。しかるに中《〔なか〕》むかし、宝りやく《〔暦〕》十年辰のとし、丸小《〔まるこ〕》が板、丈阿《〔じやうあ〕》戯作《けさく》の草紙に始て作者の名をあらはし、外題《げだい》の絵を紅《〔べに〕》摺《〔ずり〕》にしていだせしを、その比《〔ころ〕》はまだ錦絵もなき時代なれば、めづらしき事に思ひ、所々より出る草紙の外題《けだい》、みな色ずりとなりたりしか《〔が〕》、汝ばかりは古風を守り、赤い色紙に青い短冊《たんざく》、たいのみそす《〔ず〕》によもの赤、のみかけ山のかんか《〔が〕》らす、大木のはへき《〔ぎ〕》はでふといの根、か《〔が〕》てんか〳〵位のしやれなりしも、思へば〳〵むかしにて、二十余《よ》年の栄花の夢、きん〳〵先生《せんせい》といへる通人いでゝ、鎌倉中の草双紙これか《〔が〕》ために一変《へん》して、どうやらこうやら草双紙といかのほ《〔ぼ〕》りは、おとなの物となつたるもおかし。

これは、時系列順に南畝が鱗形屋の草双紙の展開を振り返ったもので、花咲か爺さん・桃太郎・舌切り雀・かちかち山（兎の手柄）といった、今でも馴染み深い昔話を題材とした作品群から始まる。次の時代は「青本」が人気を獲得した時代が長く続いたことを示す。宝暦十年（一七六〇）になると、同業者の丸小（丸屋小兵衛）が草双紙の表紙に付す題簽を紅摺（色摺）にするという新たな工夫を加えたことをきっかけに、さまざまな板元がそれに続いたが、鱗形屋だけは題簽の様式（色の付いた紙に墨摺した二枚題簽）も、作中に盛り込む工夫（「のみかけ山のかんがらす」といった、文意に直接関係ない語を付す言葉遊び）も旧来のやり方を変えずに時代に乗り遅れていたが、安永四年（一七七五）の『金々先生栄花夢』の刊行をもって返り咲き、鱗形屋は草双紙業界を一変させる存在になった、と振り返っている。

草双紙が江戸の地で生まれた最初の装訂は赤本で、内容は幼童向けの素朴なものとして始まったという文学史における草双紙展開の構図は、右に示した『菊寿草』序文の記事をベースとして形成されたものであるといえる。

先に挙げたように、一九八〇年代に資料紹介された赤本を見ると、子ども向けと評して違和感のないタイトルが並んでいるし、黄表紙展開期の草双紙の作中でも、「赤本」の存在は子どもや昔話と結びつけられていることが多い。しかしながら、数十年の調査・研究の成果（木村八重子『赤本黒本青本書誌 赤本以前之部』、日本書誌学大系九五（一）、青裳堂書店、二〇〇九年、他）として、現在、赤本の数も現存百四十作品近くまで増えた。これは一九八〇年代に現存約五十作品とされた三倍近くに及ぶ。そこで、従来の赤本に対する認識、すなわち、展開時期が黒本や青本に先行することと、内容が子ども向け中心であることについて、それぞれ順当であるか、再検証してみた。その結果、以下のような見解に至った。

一、赤本が黒本や青本に先行するものであったということについては順当な位置づけだといえる。現在判明しているなかでもっとも刊行年の早い黒本『丹《たん》波《ば》爺《てて》打《うち》栗《ぐり》』（鱗形屋板）は延享元年（一七四四）刊行である。それよりも前に刊行されたと推定され、かつ販売した時の表紙が残っている草双紙は、すべて赤本体裁であることから、黒本体裁が草双紙の表紙の標準色として使用される以前の草双紙は赤本体裁であったと認定できる。

二、黒本展開期以前の赤本の内容は、昔話・お伽噺・正月の祝儀物等の明らかな子ども向けの作品に限られていない。歌舞伎に材を取るもの、宴席で成人が嗜《たしな》んだ歌謡を絵本化したもの、吉原の風俗を描写したものなど、明らかに子ども向けでないものを含め、多岐にわたっている。現状の割合でいえば、昔話類より、歌舞伎・浄瑠璃に材を取った作品のほうが多い。

つまり、歴史上の展開として草双紙の最初のかたちは赤本だったということは正しいが、内容は子ども向けとは限らないということである。文学史上の認識として、歌舞伎や浄瑠璃のダイジェスト化は黒本青本と、遊里の世界の要素を積極的に取り入れることは黄表紙と、それぞれ結び付けられる傾向にあるが、これらは皆草創期の草双紙で既に行われていたことを意味する。

なぜ、赤本が子ども向けとされたのかは、先述のとおり、大田南畝の『菊寿草』によるところが大きい。大田南畝は長年にわたって草双紙を愛好した人物で、その歴史的展開にも少なからず関心を寄せた様子が言辞から窺《うかが》える。また、軽はずみに誤った情報を発信する印象もない人物である。よって、『菊寿草』序文の記事の展開には、それなりに順当な根拠があったと見込まれる。

それでは、なぜ南畝は草双紙の最初を「花さき爺」としたのか。それについては、『菊寿草』序文に示された鱗形屋板草双紙の展開は、板元鱗形屋の草双紙刊行の歴史を追ったのではなく、あくまで南畝個人の草双紙読者としての経験を振り返っているとすることで理解できる。

現存資料によって導き出された草双紙の装訂の歴史的展開は、赤本体裁、黒本体裁、青本体裁の順であったわけだが、『菊寿草』序文の場合、「花さき爺が時代」の次には、「青本〳〵ともてはやされ」る時代が配置されている。先述のとおり、草創期の赤本の題材は多岐にわたっているので、「花さき爺が時代」は草創期の草双紙を指すものではない。これは、現代の日本の子どもたちの絵本との出合いがそうであるように、寛延二年（一七四九）生まれの南畝が生後初めて接した草双紙は、昔話種であったことを指していると理解するのが順当であると考える。

南畝が生まれた寛延期の草双紙の表紙の標準色（新作に付された表紙）は黒色であったが、その頃に生まれて初めての草双紙として出合った昔話種の草双紙の表紙は赤本体裁であった可能性が高い。数年後、草双紙好きの少年に成長した南畝が手に取った草双紙は青本体裁が標準形となっていたと考えられる。だから「花さき爺が時代」の次にくるのは「青本〳〵」なのである。つまり、『菊寿草』序文は大田南畝が自身の草双紙読者としての経験を振り返ることをベースに執筆した文章であり、現代の文学史上の通説は南畝の個人的経験の影響下にあるということになる。

南畝の言辞に影響を受けたのは、同時代の黄表紙作者たちも同様で、古い草双紙を象徴するものとして昔話やお伽噺を種とする赤本を作中で例示することが定着した。これは、南畝の存在の大きさ、アイデアの秀逸さを感じさせるものであるとともに、この認識が人々にとって納得のゆくものであったことをも意味する。誰もが幼少期に最初に体験する草双紙は桃太郎や舌切り雀であったと考えられる。子ども向けの素朴な作品から始まる草双紙の展開イメージは、黄表紙作者たちにとってもなじみのよいものであったと考えられる。

2　赤本はなぜ新板目録に載らないか

南畝の『菊寿草』序文では花咲爺さん・桃太郎・舌切り雀・かちかち山は、「赤本」という語とは結びつけられていない。つまり、このような昔話を題材とした草双紙に何色の表紙が付されていたのかは明示されていないのである。しかし、現存する草双紙の調査の結果としては、それらは南畝が生まれた頃には赤本体裁であったと見込まれる。

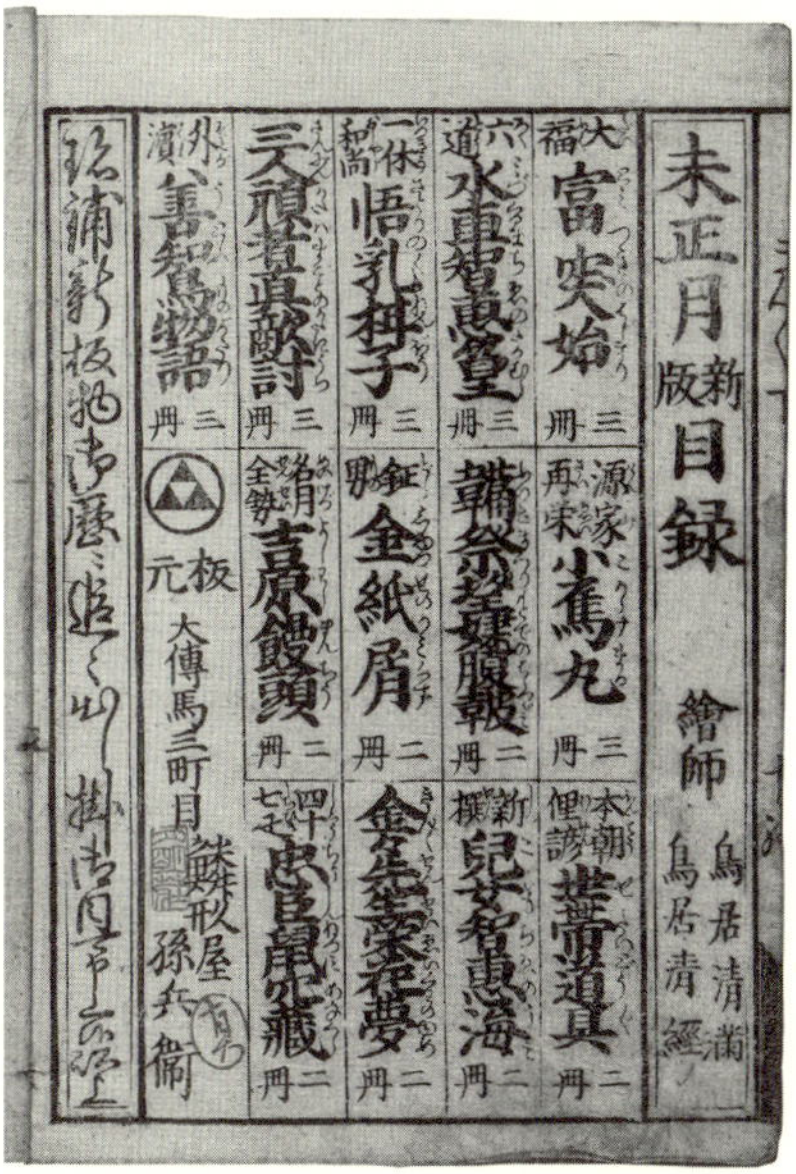

図5　『金々先生栄花夢』10丁裏「新版目録」

実は、赤本表紙を伴う草双紙の刊行年、特に昔話を題材とした作品がいつ刊行されたのかについては、ほぼ明らかでない。

黒本青本には、鱗形屋や山本屋といった幾つかの板元については、新板目録という、その年の新作のリストが最終ページ等に付されることがあったことが確認されている。新板目録に刊行年が直接明示されることは稀だが、多くは干支の文字情報・作品の挿絵を担当した絵師の名前等が新板の作品リストと共に明示されている（図5）。

なかでも鱗形屋は現存する新板目録の数が多い。草双紙の刊行年を探る手掛かりとしては、先に挙げた題簽中の干支を示す図様の存在もあるので、両者を手掛かりに整理すると、延享元年（一七四四）以降の鱗形屋の毎年正月に販売された新板物の傾向を追うことが可能である。鱗形屋の新板目録に掲載されるタイトルを、黄表紙展開期に至るまで辿ってみても、作品内容が定番の昔話になっていると思しき書名は掲載されていない。

しかしながら、現存する昔話を題材とする赤本のなかには、個々の伝本のもとの所蔵者の書き入れ（氏名・購入年月日等が記入されている）により黒本青本の展開期に購入したことが分かるものが含まれている。つまり、黒本青本展開期に昔話種の赤本が購入できる環境があったということを意味する。桃太郎や舌切り雀が今もなお子ども向けの定番作品として存在することを踏まえれば、これらの赤本が江戸時代を通して読者を獲得したことは容易に想像できるのだが、新板物として世に出たのがいつなのか、情報を拾うことは難しい。

新板目録に昔話の赤本が掲載されていない原因として考えられるのは主に以下の二つである。

一、昔話を題材とし、原話に忠実に作品化した赤本は、草双紙の草創期に成立し、以降、長年にわたって再摺され、販売された。現在、存在が確認される赤本体裁の昔話種の草双紙は延享元年（一七四四）以前の新板物であるため、現存する新板目録には掲載されていない。よって、現状存在が確認されていない、延享元年より前の時代の新板目録にその書名が掲載されている可能性が高い（あるいは、草創期の草双紙には新板目録を付す習慣がなかったか）。

二、原話に忠実に草双紙化された昔話種の赤本は、黒本青本および黄表紙の展開期間においては毎年正月の新板物とは別個にカテゴリー分けされた商品であった。そのため、正月の新板目録には掲載されない。

もし、二に示したように、昔話種の赤本は別個のカテゴリー分けがされたとするなら、赤本よりも後の時代に展開した疱瘡絵や疱瘡絵本▲のように、赤色の表紙が幼い子どもに持たせるのにふさわしい商品として扱われた可能性があると見込まれる。その場合、他の草双紙と同様に子どもに与えられたであろう点については大きな差はない。ただし、現存する昔話種の赤本のなかに、印刷の墨色が薄いうえに著しく印刷が不鮮明で文字情報を読み取ることができない伝本が存在することからは、挿絵とともにストーリーを追っていく読み物という草双紙としての基本的な機能とは別の、子どもに持たせること自体が意味を成すものという一面

疱瘡絵・疱瘡絵本　江戸時代、流行した疱瘡（天然痘）にかからないよう、あるいは罹患した場合は軽くすむようにとの願いを込め、護符代わりに贈ったり、枕元に置いたりした、赤一色で摺られた絵や絵本。疱瘡をもたらす疱瘡神が赤色を嫌ったとの伝承によったもの。

が、黒本青本以降に展開した赤本にはあった可能性を感じる。

赤本は現存作品数約百四十、一作品について一〜数点の伝本数であるから、当時の状況を統計的に類推するには材料に乏しく、想像の域を出ない。ただ、所蔵者の書き入れから明らかに後摺の昔話種の赤本が存在すること、また、黄表紙の展開期においても「新板」ならぬ「再板」の二字を冠して桃太郎や舌切り雀の草双紙が刊行された例があり、それらが黄表紙展開期の新板目録に掲載されていないことを踏まえると、右に示した両仮説が事実とそう遠くはない距離にあるものと考えられる。

青本と黒本のように初摺と後摺とで見た目を分けることもなく、昔話種の、原話に忠実な赤本は、長年にわたって、繰り返し製造・販売された、そして、表紙は、草双紙の表紙の標準色が赤から黒へ、黒から黄色（青本）へと変化していく流れのなかでも、ある時期までは赤本体裁でありつづけたと考えておきたい（黄表紙の展開期に入ると、印刷するための板木が使い物にならなくなったのか、板木を新たに作り直し、「再板〇〇」などと名づけた草双紙が登場する。これらの表紙は赤色ではなかったとみられるが、やはり新板目録には収録されていない様子である）。

三▶赤本の成立時期を探る
——画面構成と時事情報

1　消えた三つの画面パターン

先に挙げたように、草双紙に用いられた表紙は、内容に関係なく、赤本体裁、黒本体裁、青本体裁（後摺時には黒本体裁）という順に展開したと想定される。しかしながら、実際に現存する草双紙は、元の装訂を留めているとは限らない。概して、刊行の早い時期の作品であればあるほど伝存数は少なく、元の装訂を留めていない場合が多い。

黒本青本については、題簽のデザインや新板目録から得られる情報と、作品の内容を照合することで、ある程度新板物としての刊行時期を絞り込むことが可能であるが、他に同板の伝本が存在しない作品が表紙や題簽を欠き、新板目録を伴っておらず、他作品の新板目録にも情報が掲載されない場合は、成立時期は容易に見えてこない。

赤本については、ある程度下った時期まで繰り返し販売したと想定されるため、表紙の色だけでは初摺時の伝本か否かの判定ができない。また、黒本以前の赤本展開期には新板目録が現状存在しないため、最初に世に出たのかを整理することは難しい。伝存数が少ないため、同板の伝本との照合も容易でない。

このような状況の下で、二〇〇九年の木村八重子『赤本黒本青本書誌 赤本以前之部』は長年にわたる草双紙調査の成果を踏まえて、現存の赤本を成立年代順に整理することを試みた「仮年表」を示している。筆者は「仮年表」にリストアップされる赤本のうち、物語の筋や、一部の場面での趣向に江戸での歌舞伎や浄瑠璃興行等との関係が認められたり、江戸の町で開催されたイベントに当て込んだ刊行とみられたりするなど、成立年代の評価に一定の信憑性が認められる作品群に注目し、印刷情報のあり方について改めて観察してみることとした。その結果、草双紙草創期に世に出たと思しき赤本のグループと、黒本青本展開期に成立年代が近いと思しき赤本のグループとでは、作品の画文構成が異なることを見出すに至った。

結果を簡単に示すと、草創期の赤本は、素材に利用した先行作品をそのまま草双紙サイズに合うように切り取って並べたような画面構成であったが、時間を経るにつれて、草双紙に適した処理が加えられ、本書冒頭に示したような、場面を端的に表した挿絵を大振りに配置した隙間に、地の文と各登場人物のせりふを配置するかたちに定着していった様子が看取できる。

印刷された文字情報から草双紙としてごく早い時期の作例と見られる作品を幾つか紹介する。

『近世子どもの絵本集 江戸篇』には約三十作品の赤本が紹介されている。そのなかには、黒本青本の画面構成とは異なる印象の、成立年代が早そうに見える作品群が存在する。そのような赤本のなかから、古風な画面構成を幾つか紹介する。

一つ目は、一面に大きく人物を描き、文字情報が非常に少ないものである。例えば、『公平《きんぴら》寿《ことぶき》八百余歳《はっぴゃくよねん》の札《ふだ》』（江ミや板、大英図書館蔵）は、金平浄瑠璃《きんぴらじょうるり》のストーリーを絵解きしたとされるが、その画面構成は金平浄瑠璃の挿絵に近似し、画面に配置された登場人物の脇にその名が添えられ、最低限の場面説明が付されている。予備知識のない当時の年少者や現代人が理解し、楽しむには、幾らかの他者からの解説や予備知識の提供が必要であるように感じる（『公平寿八百余歳の札』については『近世子どもの絵本集 江戸篇』に所収されている。参照されたい）。

二つ目は上下を二等分に分け、見開き四面の構成としているものである。『赤本聖徳太子』（伊勢屋金兵衛板、東京都立中央図書館蔵）は、五丁一冊（十ページ）の中に、聖徳太子の出生から十七歳までの事績を、「第一」から「第二十」の二十

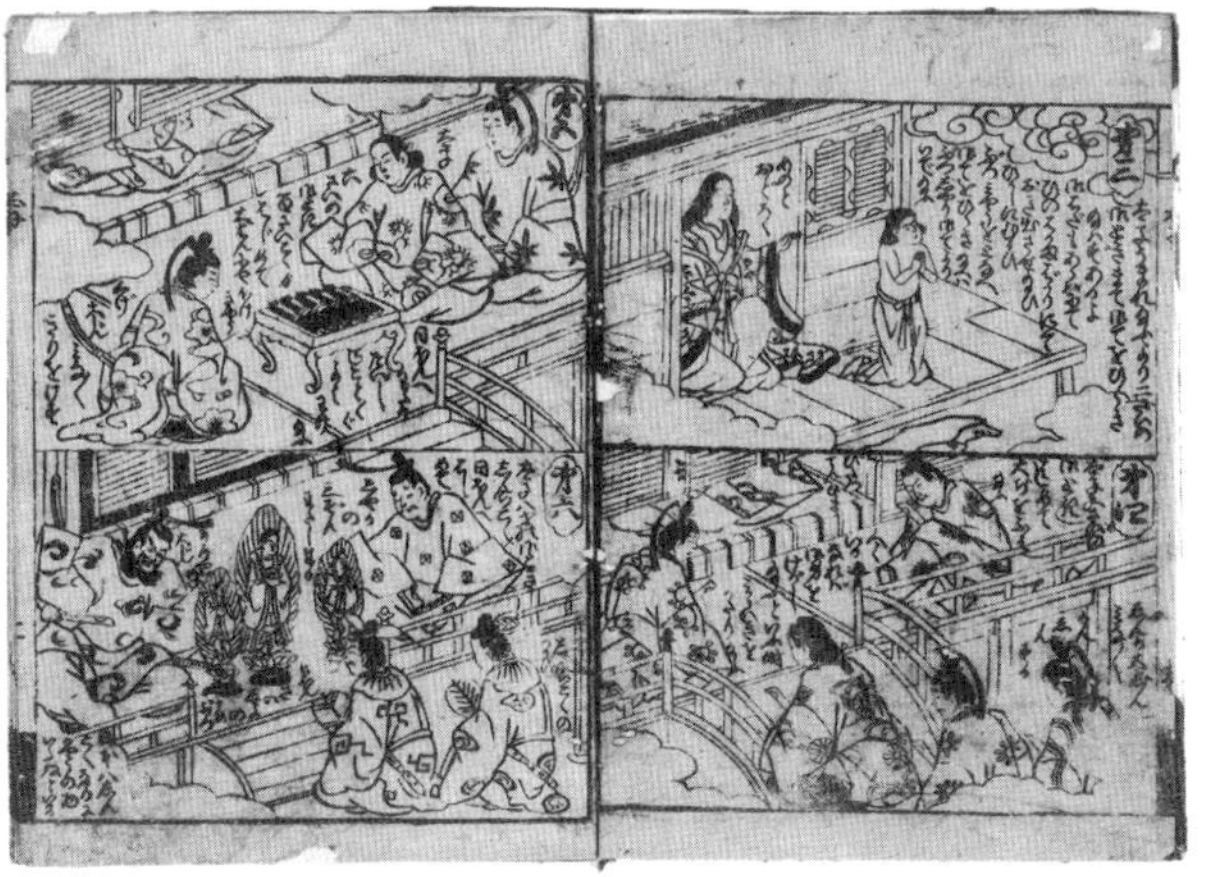

図６　『赤本聖徳太子』１丁裏・２丁表　上下２等分した見開き４コマの構成

不破名古屋　名古屋山三郎と不破伴左衛門が遊女葛城をめぐり恋のさやあてをするというストーリーで、延宝八年（一六八〇）の歌舞伎での初演以来、様々な演出で上演された。

コマで展開している（図６）。聖徳太子伝は太子信仰に伴って絵解きなどで流布し、古浄瑠璃等にも採られたとされる。この作品も、古浄瑠璃の江戸での興行を受け、絵解きの画面構成をそのまま落とし込むようなかたちで成立したと想定することができる。

このように、上下二等分に分割した画面構成の赤本は五作品確認されている。『武者づくし』（西村重長画、鱗形屋板、二巻）は十丁（二十ページ）の中に武勇にまつわる四十の逸話が展開するが、武者尽くしの絵手本等を草双紙化したものであろうとの指摘がある（『近世子どもの絵本集　江戸篇』）。奥村画『風流なこや山三』（奥村板）は不破名古屋▲の世界を扱った作品で、土佐浄瑠璃▲「名古屋山三郎」に「参会名護屋」などの歌舞伎の要素を取り入れて構成されている。享保十二年（一七二七）刊行と推定され、横長の画面構成は絵入狂言本や古浄瑠璃正本にもみられるものだとの指摘がある（佐藤悟「赤本『風流なこや山三』について」『実践国文学』五七号、二〇〇〇年三月）。また、他にも演劇を種として上下二等分の画面構成をしたものとして『小あつもりいく田森／扇始』（西村重長画、鱗形屋板）がある（『赤本黒本青本書誌　赤本以前之部』）。『草花づくし』（鱗形屋板、巻数不明）は草花画譜で、植物名と絵の他

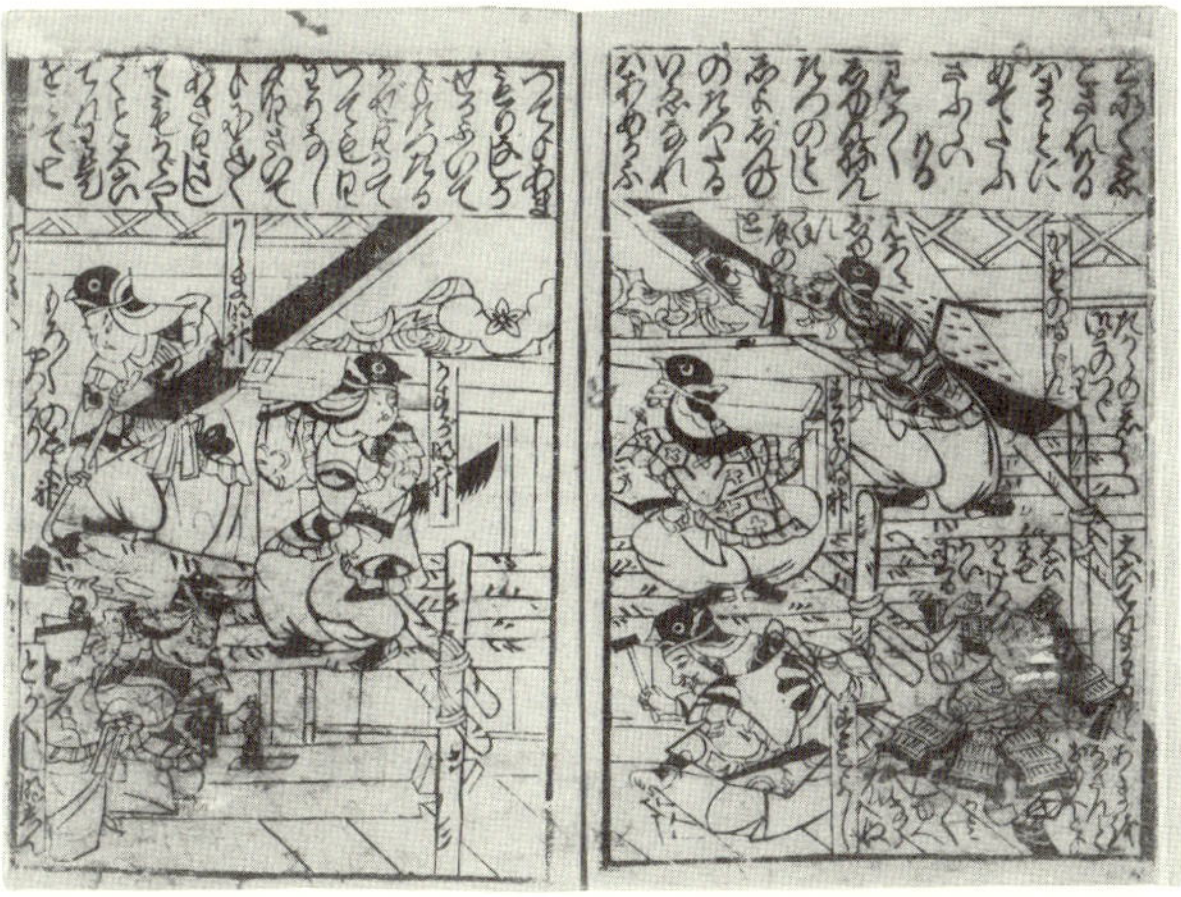

図7　『万ざい』３丁裏・４丁表　文字情報を詰め込んだ上段と絵の部分に分割

に歌や句が添えられている。この画面構成は黒本青本には見られないものであり、草創期の草双紙に用いられた古風な画面構成だといえる。

三つ目は、縦をおよそ一対三ないしは一対四程度の割合で分割し、上段に文字情報、下段に絵と少しの書き入れ（主に登場人物名を示すキャプションやせりふ）を配したものである（図７）。これは必ずしも典拠となった先行作品そのものの画面構成を採用したものではないが、典拠の内容を、限られたスペースに、あまり手をかけずに落とし込んでいるという点で他の方法と似た性質を有する。このような上下二段の画面構成は、享保期を中心に多くの作例が散見される。

上段に配される文字情報の主だった内容は、物語の筋が示されているものと、歌謡などの詞章が示されているものに大別されるが、いずれも下段の絵やせりふはそれぞれ上段に対応するものになっている。

先に挙げた、画面いっぱいに人物を描き、少しの文字情報を添えた画面構成になっている作品に対して、各場面の上部に一枠加えて絵の内容を補う文字情報を盛り込むと、この画面構成になる。よって、この画面構成は題材とした情報に関する知識が乏しい者でも理解しやすかったものと推測されるが、これもまた次第に減少し、定着はしなかったものと考えられ、黒本青本には見受けられないものである。

2　ぶんぶく茶釜の二つの画面構成

ぶんぶく茶釜を題材とした赤本が二種現存する。ひとつは享保期（一七一六—三六）に刊行されたと推定される、近藤清春画の井筒屋板（柱刻「ふん」、一巻一冊。稀書複製会本、原本不明。図8）である。上下二段組みの画面構成で、上段がストーリーで、下段には絵とせりふや簡単な場面説明が配されている。もう一種は鱗形屋板の『ふんふく茶釜』（柱刻「ぶんぶくちやがま」、享保十九年（一七三四）以降刊。図9）で、井筒屋板の影響が濃く感じられるとされる（『近世子どもの絵本集　江戸篇』・『赤本黒本青本書誌　赤本以前之部』）。図版を示したのは、共に主人公の僧侶の分福が獲物（井筒屋板では狐、鱗形屋板ではむじな）を捕らえ、寺に連れ帰る場面である。井筒屋板では上段に、狐を捕らえて寺に連れ帰り、料理しようとしたところ、死んだ振りをしていた狐が機会を見計らって放屁して逃げるところまでの経緯が文章で示され、下段には左右を雲形の子持ち枠▲と松の木で分割し、狐と引き組む分福とそれを三人の子どもが応援する様子と、分福が生け捕りした狐を持ち

土佐浄瑠璃　土佐少掾橘正勝が創始した古浄瑠璃の一派で、延宝から宝永期（一六七三—一七一一）ごろ、江戸で流行したという。享保期（一七一六—三六）までの刊行とみられる草双紙には、これに取材した作品が散見される。

子持ち枠　外側が太く、内側が細い二重線で囲んだ枠線のこと。草双紙の題簽の外枠にも使用されている。

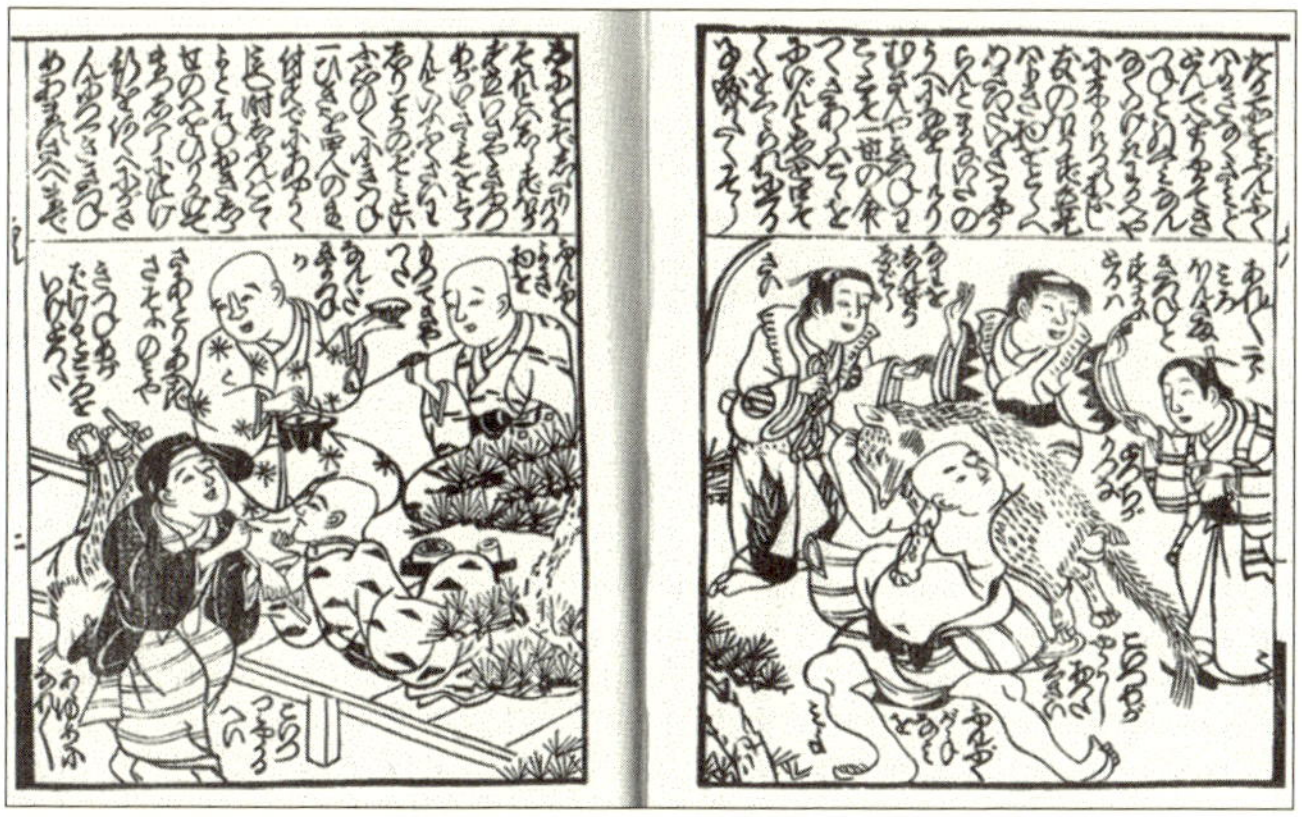

図8　井筒屋板『文福茶釜』１丁裏・２丁表　上段にストーリー

図9　鱗形屋板『ぶんぶく茶釜』１丁裏・２丁表

帰り、仲間の僧たちが迎える様子を描いている（図8）。一方、鱗形屋板は、土《ど》坡《は》（土を盛った堤。土手）の描線によって見開き一面を三分割し、井筒屋板にはない、分福が羽織を被って踊るとむじなも踊るという場面の後、狐を連れ帰る場面まで描いている。鱗形屋板には地の文とせりふとを分割する線はなく、挿絵の隙間に混在する構成となっている（図9）。

これら二種のぶんぶく茶釜の赤本の違いは何を意味するのか。先行研究では、登場人物の顔ぶれやストーリー展開等を比較した結果として、井筒屋板を参照して、鱗形屋板が生み出されたとの見解が示されている。

先に示したように、草双紙の草創期に成立したとみられる画面構成の幾つかは、黒本青本展開期には見られなくなってしまった。また、絵の隙間に地の文やせりふを散らす方法は、草創期の作品だと確定される赤本には見られない。草双紙草創期から黒本青本展開期へのそのような変遷に照らし合わせると、鱗形屋板の成立は井筒屋板よりも下った時期だと推定される。よって、鱗形屋板は井筒屋板を利用して作られたが、その際、上下二段組の画面構成が時代にそぐわなかったため、レイアウト変更をしたといった経緯があったと考えておきたい。鱗形屋板『ぶんぶく茶釜』は、明和期ごろの草双紙と比べれば、古風な印象を受けるが、挿絵の隙間に文字情報を埋めており、黒本青本に近いといえる。

3　雀の踊りで判定する舌切り雀二種の前後関係

『近世子どもの絵本集 江戸篇』には、鱗形屋から刊行された『したきれ雀』（東洋文庫岩崎文庫蔵、赤本）が収録されている。ストーリーは現代の舌切り雀とほぼ一致する基本的なものであるが、雀を助ける爺が「源五太夫」、その娘が「お梅」、丁稚《でっち》が「新八」と名前が付いている（ちなみに雀の舌を切る源五太夫の妻は「けんどん婆」と称されている）。作品冒頭、源五太夫は子どもたちが雀を捕まえて打ち殺そうとしているのに遭遇し、銭を与えて雀を引き取り、自宅に連れ帰る。夫が雀一羽に百文を支払ったことに腹を立てた源五太夫の妻は、洗濯用に煮ておいた糊を雀が舐めたのに対して一層腹を立て、雀の舌を切って放つ。舌を切られた雀を見舞うために源五太夫一行が雀の宿を訪ねると、雀の芸者が踊りを披露し、御馳走を振舞うという展開である。雀の宿で披露される踊りが、元文二年（一七三七）江戸中村座で上演された歌舞伎「一代奴一代男一代女」で初世瀬川菊之丞が演じた所作事の槍踊りに取材しているとみられることから、その翌年の元文三年ごろに刊行されたものと見込まれる（『近世子どもの絵本集 江戸篇』）。本作品は、赤本としては下った時期の作であるが、画面構成はやはり黒本青本に近い形である（図10・12・14）。ただし、先述のとおり、赤本体裁の草双紙は装訂によって初摺本か後摺本かの判断がしがたい。岩崎文庫所蔵本は、題簽も本文もやや摺りが不鮮明な印象を受けるので、後摺本である可能性について留意する必要がある

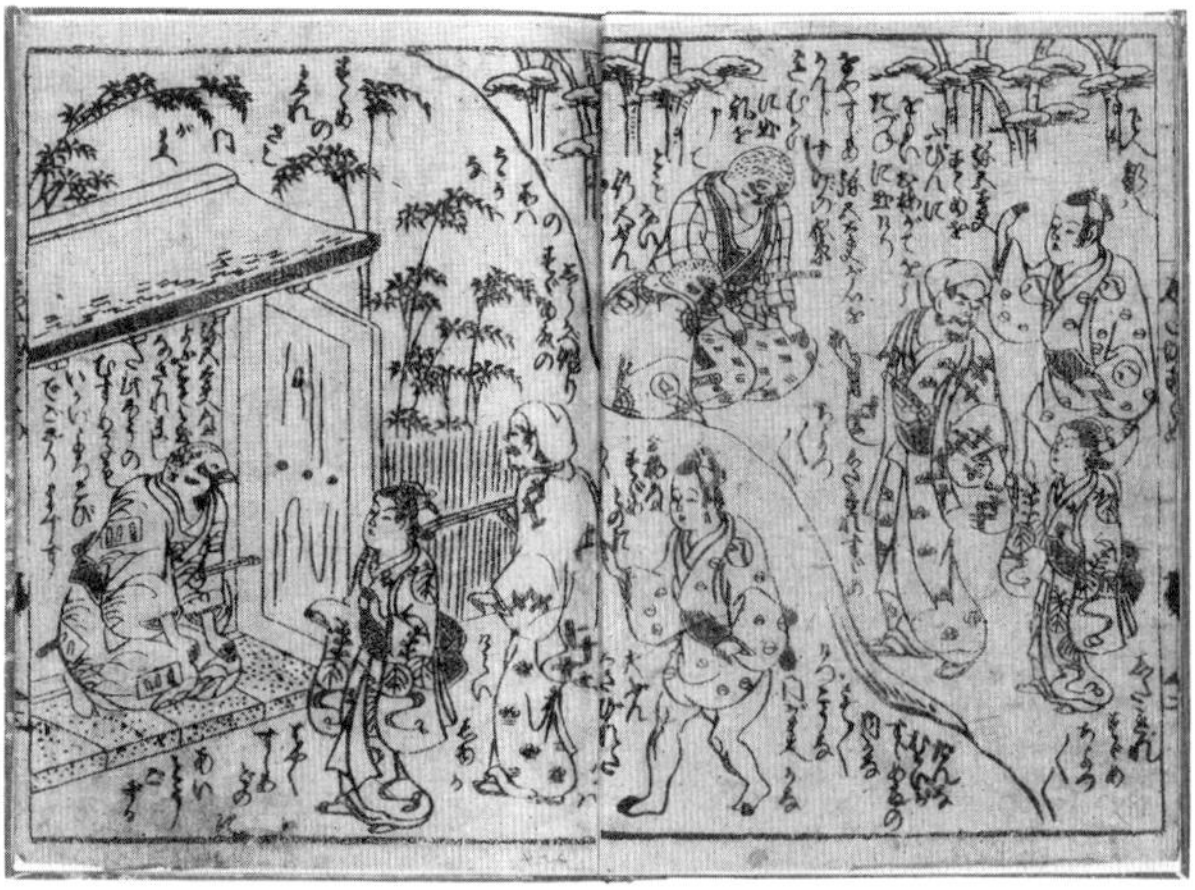

図10　鱗形屋板『したきれ雀』２丁裏・３丁表

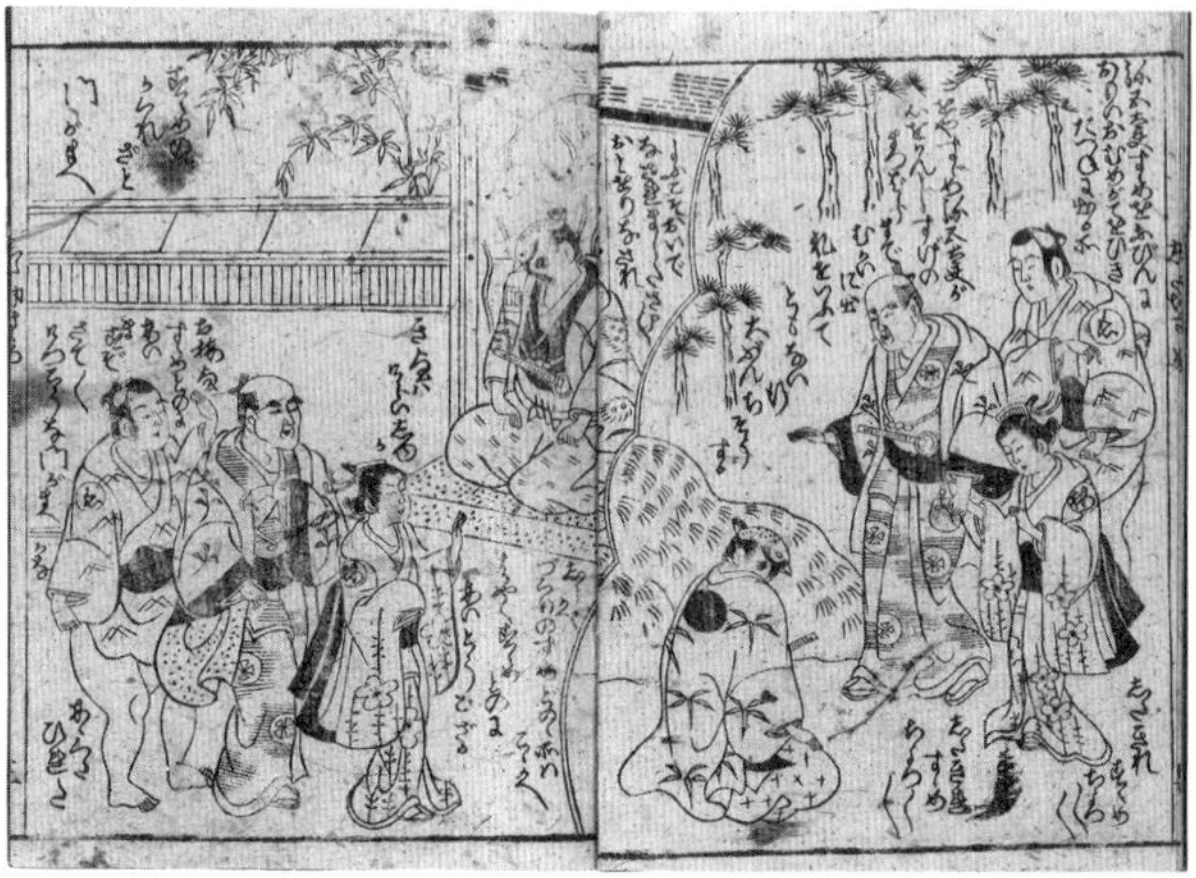

図11　山本板『舌切雀』２丁裏・３丁表　明らかに鱗形屋板に似る

（『近世子どもの絵本集 江戸篇』所収。ちなみに、明らかな後摺本として、鱗形屋の作中▲商標を削除した伝本も存在する。図10・12・14は実践女子大学図書館蔵の後摺本である）。

実はこの鱗形屋板の『したきれ雀』をほぼそのままコピーしたような草双紙が存在する。山本板『舌切雀』（山本重春画。実践女子大学図書館蔵）である。元の表

作中商標　草双紙の各巻初丁（一丁表・六丁表・十一丁表など）の匡郭《きょうかく》（画面の外枠のこと）上部に付された、板元のトレードマークを指す。鱗形屋なら丸に三ツ鱗、鶴屋なら鶴の丸、奥村屋なら瓢箪形など。

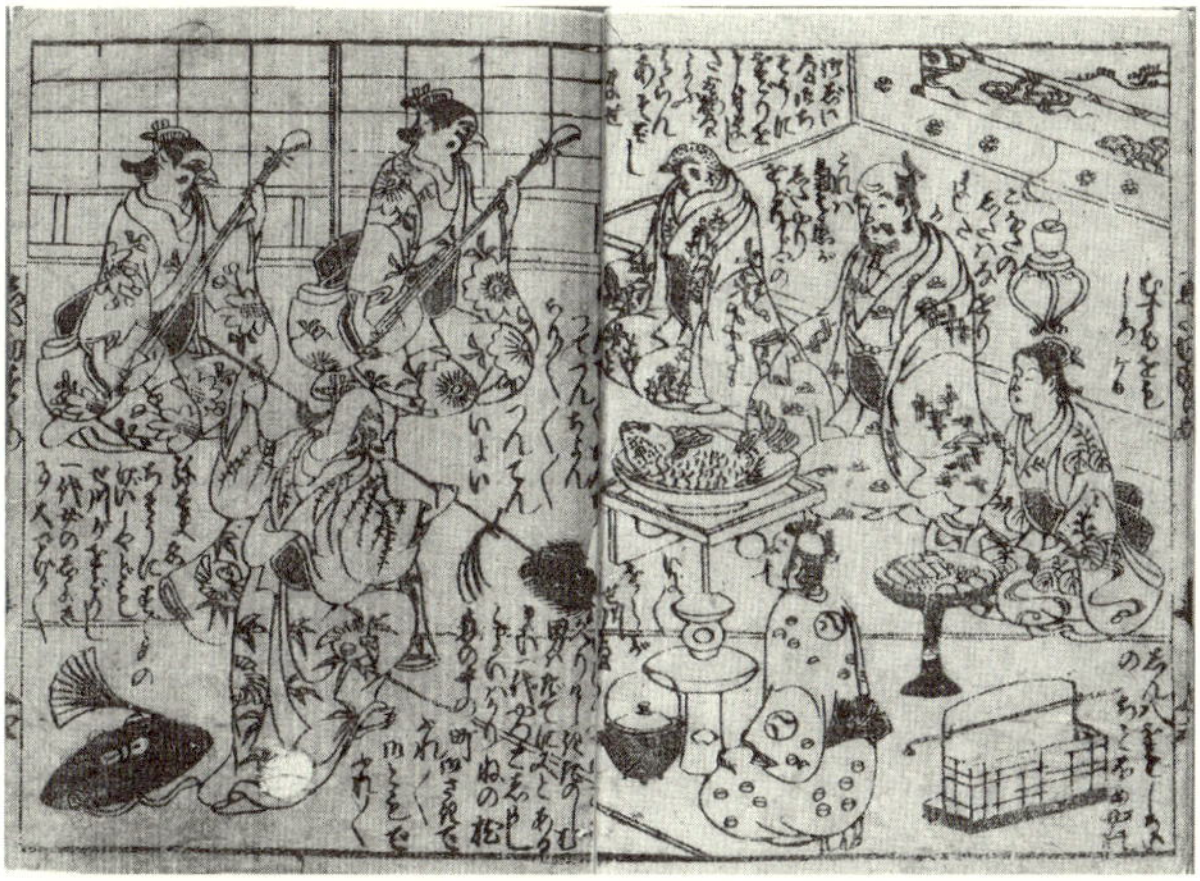

図12　鱗形屋板『したきれ雀』3丁裏・4丁表　画面左の踊りは槍踊り

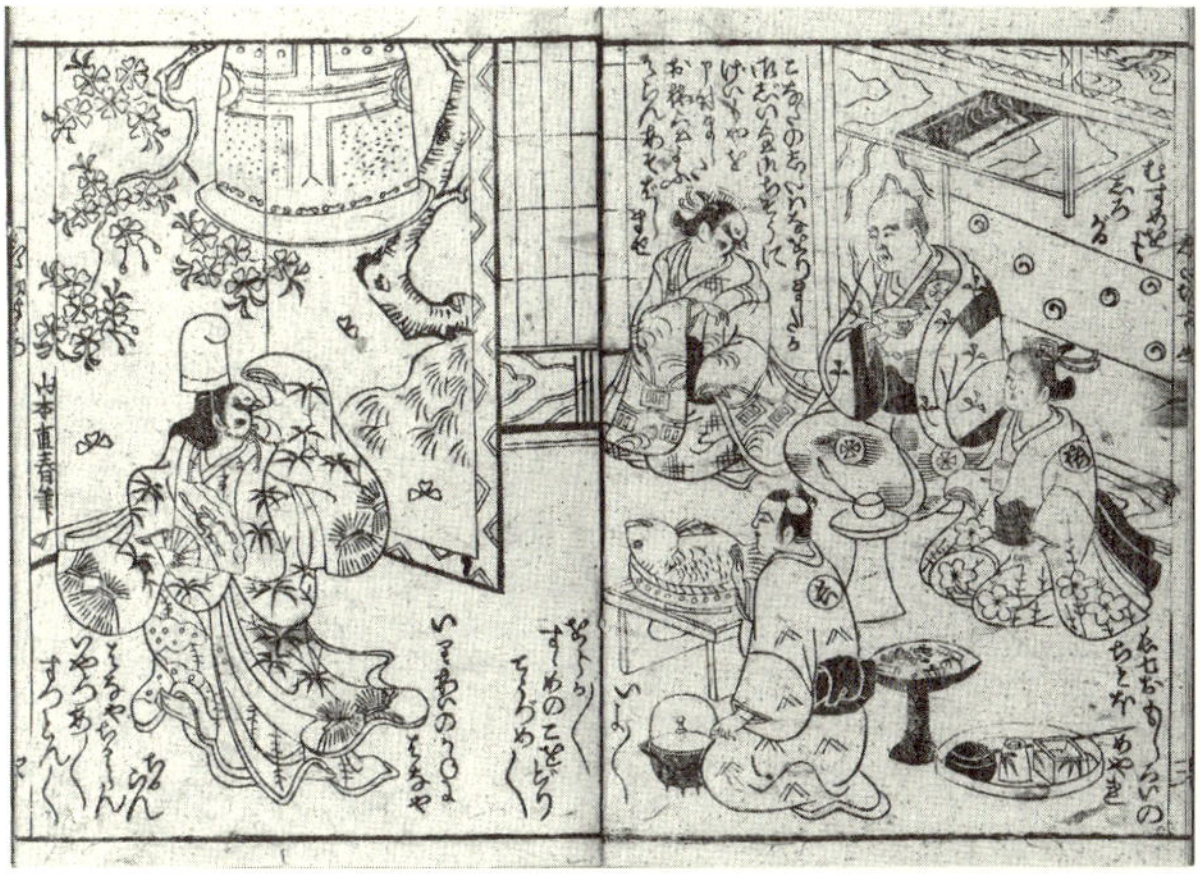

図13　山本板『舌切雀』3丁裏・4丁表　踊りは娘道成寺の踊り

紙と題簽を欠いているため、赤本体裁での刊行がされたかどうかも、正しい書名も分からない。一見して両者がオリジナルとコピーの関係にあること、文字情報の配置や構図の取り方を観察すれば、山本板が鱗形屋板をコピーしたことは明らかである。文章も挿絵もほぼそのまま写している。雀の宿で披露される踊りも初

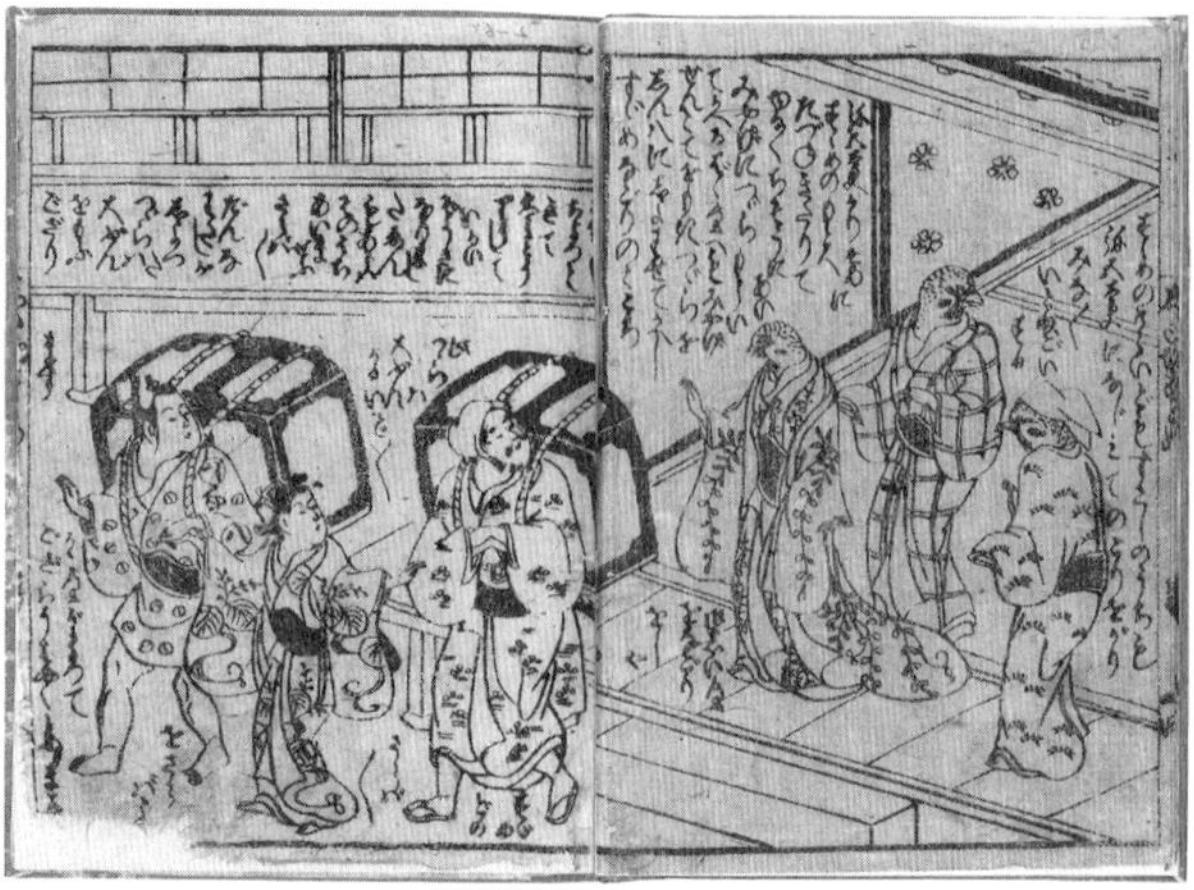

図14　鱗形屋板『したきれ雀』4丁裏・5丁表

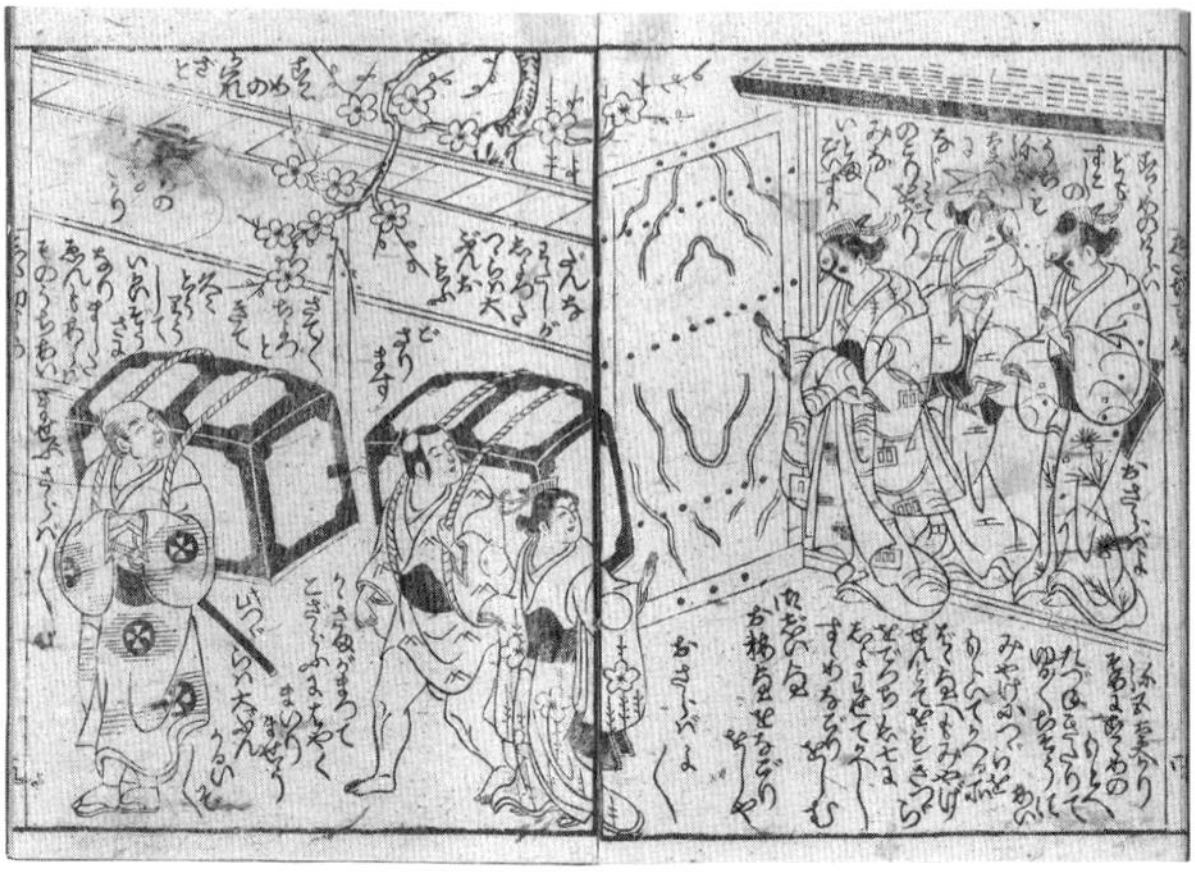

図15　山本板『舌切雀』4丁裏・5丁表

世瀬川菊之丞の舞台によっている。注目されるのは、そこまでまるまるコピーしながら、菊之丞の踊りが槍踊りから娘道成寺に変更されているところである（図11・13・15）。これは延享元年（一七四四）春中村座の「碷《さざれいし》 末広《すえひろ》曾我《そが》」で上演された初世瀬川菊之丞の「百千鳥娘道成寺」に取材したものと推定される。画文を

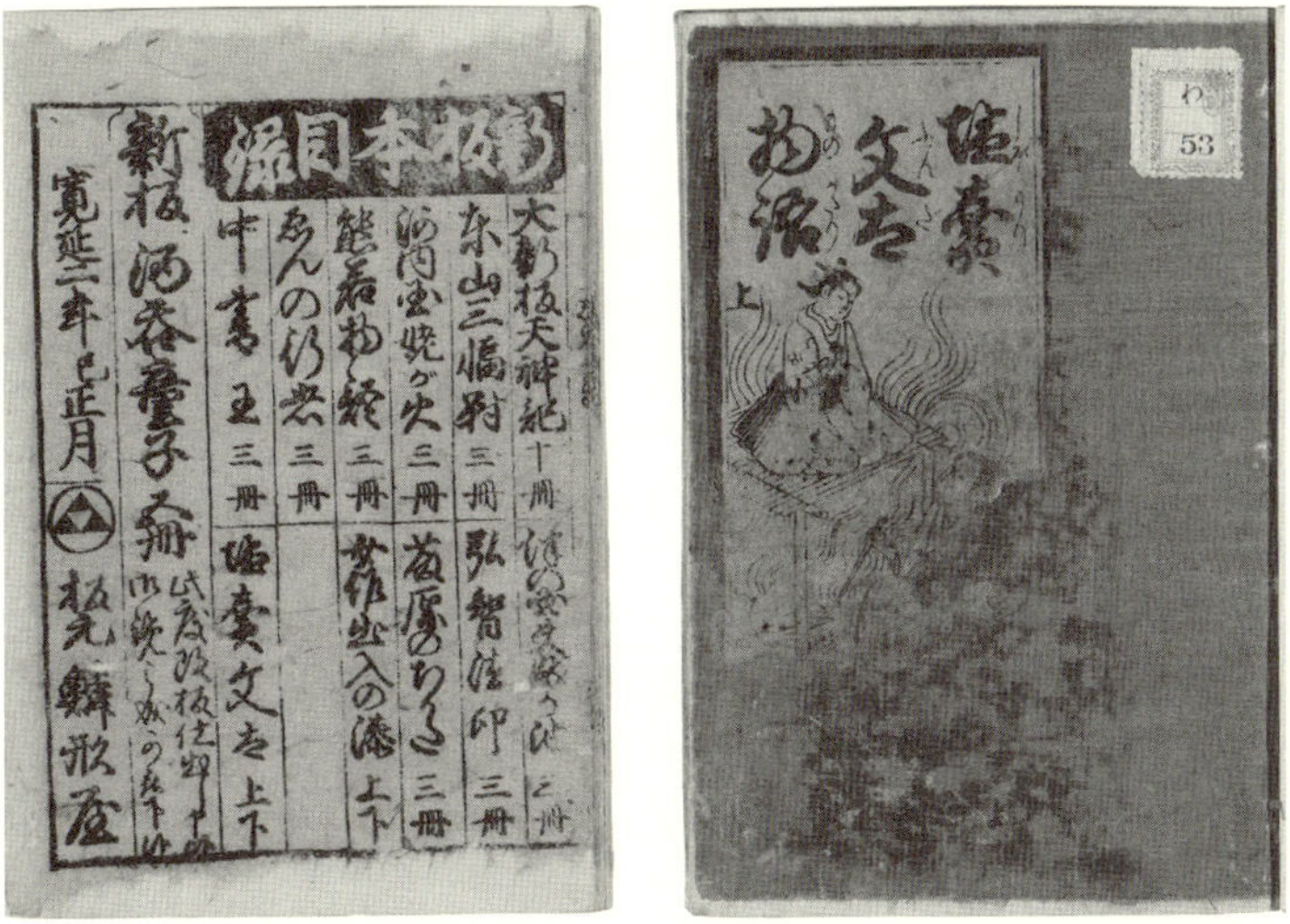

図16　鱗形屋板『塩売文太物語』　右：表紙　左：10丁裏「新板本目録」

まるまる、菊之丞の踊りを配すアイデアまで踏襲しても、七年前の舞台ではなく、直近の舞台へとアップデートすることは、草双紙を刊行するうえで必須事項であったとみられる。

4　『塩売文太物語』と浄瑠璃『塩屋文正物語』

『塩売文太物語』（鱗形屋板）は作品末尾に配される新板目録の掲載情報から寛延二年（一七四九）刊行と確定できる赤本である（図16）。赤本はたいてい作中の時事的情報の検証から成立年代を推定するしかないのだが、本作品は書誌情報によって刊年を特定できる稀有な例である。寛延二年は、黒本青本展開期に入っている。画面構成を見ても、画文が一体となった配置で、寛延二年の新作としてふさわしいものとなっている。

ストーリーは御伽草子の『文正草子』に材をとっている。ただし、御伽草子をそのままダイジェスト化した構成とはなっていない。

御伽草子の『文正草子』の梗概は次のとおりである。

常陸国の鹿島大明神の大宮司に仕えていた文太は、ある日突然解雇されるが、塩焼きに励んで財を成し、「文正つねおか」と名乗る長者となる。文正夫婦は鹿島大明神に祈願し、その加護により二人の美しい娘を授かり、姉を蓮華御前《れんげごぜん》、妹を蓮御前《はちすごぜん》と名づける。美しく成長した蓮華御前は、ある日、旅の商人と恋に落ち、結ばれてしまうが、実はその商人は姉妹の美しさを伝え聞き、出会いを求めて常陸国を訪れた関白の息子の二位の中将であった。蓮華御前は二位中将と結婚し、妹の蓮御前も帝に召され、文正の家はますます栄える。

赤本の『塩売文太物語』では、冒頭、文太は既に塩焼きになっている。鹿島神宮の大宮司に仕えていたことや、塩焼きで成功し、長者になったこと、神に願って子宝に恵まれたこと等の鹿島神宮の霊験に関わる部分はカットし、娘が玉の輿に乗る目出度い物語としてコンパクトにまとめている。娘も二人ではなく、一人娘に改変し、名前も宗教色のない「小しほ」とする。そのかわりに、大宮司の家への嫁入りを拒む小しほを、大宮司の家の下女の「ねじかね婆」が折檻する場面(図17)や、大宮司から預かっていた鳥籠の雄の鴛鴦《おしどり》を、旅の商人と恋に落ち、逢えない寂しさを感じていた小しほが我が身と重ねて放ってしまうなどの、御伽草子にはないエピソードが組み込まれている。この小しほの行為は、大宮司の計略で文太が簀《す》巻《ま》きにされ、水に投げ込まれそうになったところ（図18）を、代官所の役人に変じた鴛鴦が助けるという場面の伏線ともなっており、文太夫婦の危

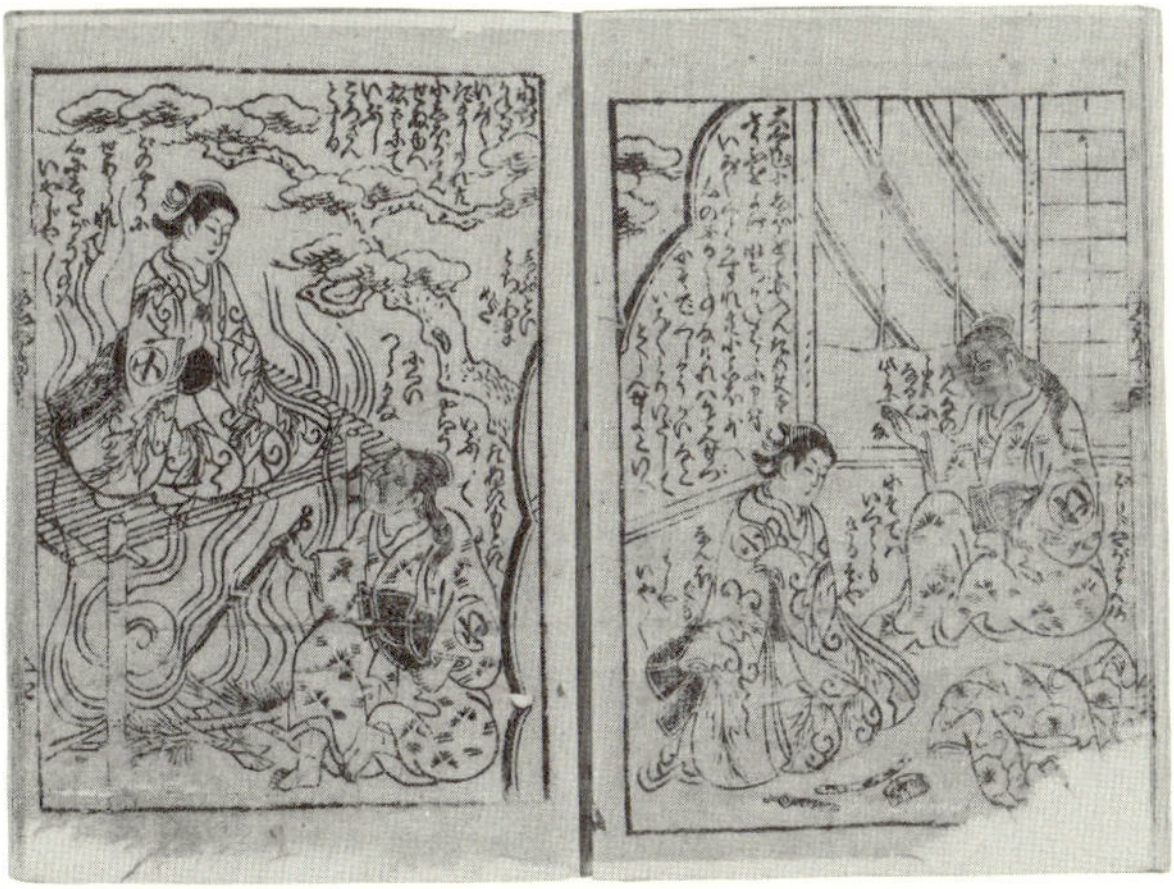

図17　鱗形屋板『塩売文太物語』３丁裏・４丁表

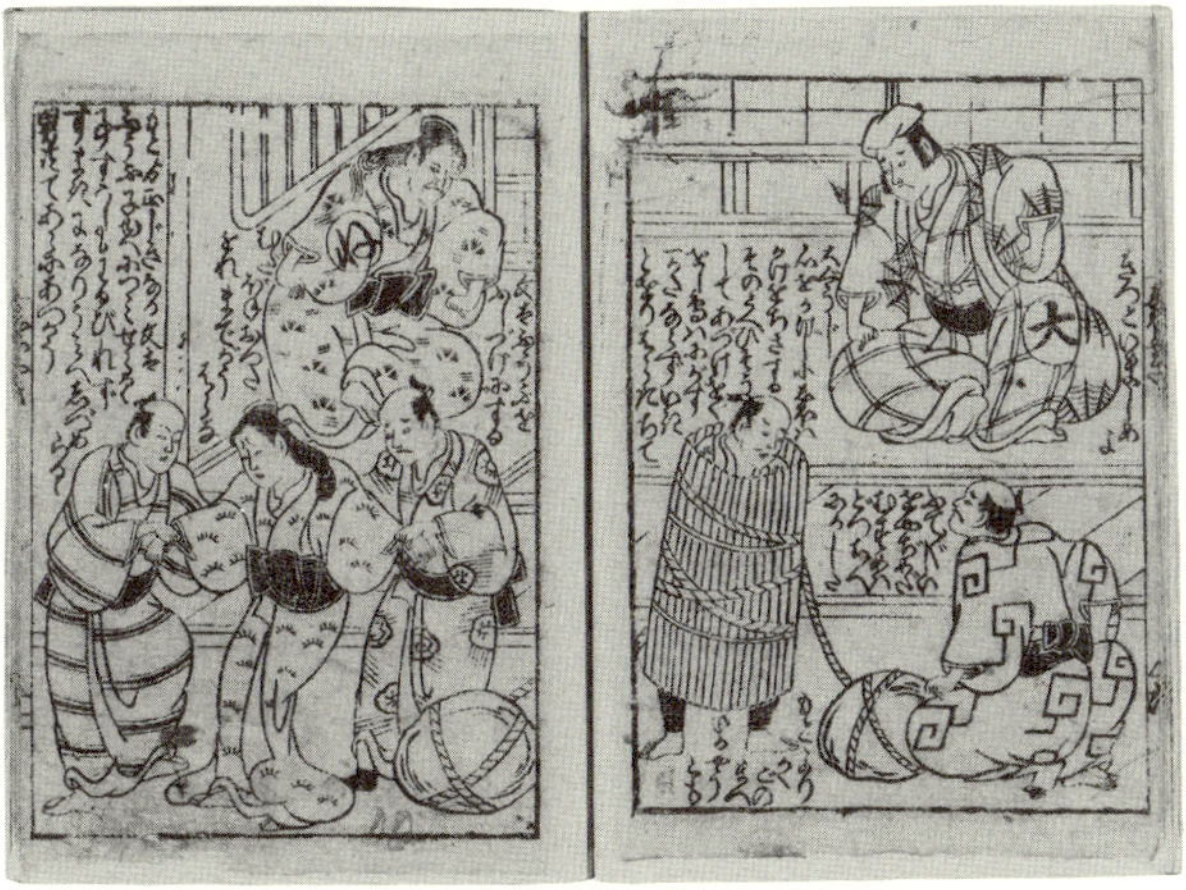

図18　鱗形屋板『塩売文太物語』６丁裏・７丁表

機を救った後、代官所の役人は事情を明かした後、鴛鴦の姿に戻って飛んでいく。最後は小しほは中将と結ばれ、文太たちはますます栄えるというハッピーエンドを迎える。

御伽草子にはない場面が存在することに関しては、土佐浄瑠璃「塩屋文正物語」との関係の可能性が指摘されている（『近世子どもの絵本集　江戸篇』）。これは「塩屋文正物語」に、二位の中将が窶《やつ》した旅の商人が、文正たちに小鳥尽くしを語る場面があり、その詞章に鴛鴦の名も挙がっていることによる。ただし、本作品の刊年である寛延二年に近い時期に、江戸での「塩売文正物語」の上演があったかは定かでなく、上演に即しての刊行かそうでないかの判断をすることはできない。

土佐浄瑠璃「塩屋文正物語」には、この他に、御伽草子『文正草子』にはない、文太夫婦が鹿島神宮の使いである鹿の命を救う件《くだ》りが作品冒頭に組み込まれていて、これは文太の信心深さを際立たせる場面であり、最高の幸せを手に入れる文太一族の繁栄ぶりに繋がる伏線ともなっている。赤本『塩売文太物語』では、鴛鴦の報恩譚の伏線として、娘小しほが鴛鴦を逃がす場面が配されていることと近似性が感じられる。ただし、土佐浄瑠璃の筋をそのまま摂取したものとはいえないため、「塩屋文正物語」のほかに、『塩売文太物語』刊行の寛延二年の前年もしくは近い頃に上演された浄瑠璃があって、その影響下に成された可能性も考えておくべきであろう。

木村八重子『草双紙の世界』（ぺりかん社、二〇〇九年）等に既に指摘があるように、この新板目録に掲載される書目のうち現存するものは、本作品の他は鳳凰と桐の一枚題簽を伴っていて、表紙も黒本体裁である（『藤原ちかた』『熊若物語』）。ひとつの新板目録の中に赤本体裁の作品と黒本体裁の作品が列挙されるに至った理由について、木村は「新年に女子がまず読むべき物語は御伽草子の『文正草子』とされていた。この赤本は人物や筋に変更はあるが、その草双紙化とみてよいであろう。『文正草子』を読まない層にも、お年玉にふさわしい作品であったろう。そのため、赤本に仕立てたと考えておく」（同前）とする。

柳亭種彦の考証随筆▲『用捨箱』に、「昔は正月吉書《かきぞめ》の次に、冊子の読初《よみぞめ》とて、女子は文正草紙を読しとなり。今もある大家《たいけ》にその古例残りてあり。此さうし今多く伝り、大本、小本、摺板《はんぎ》の数あるも、昔は家々になくてかなはざりし冊子なりし」との記事がある。お正月の草子の読初に用いられたさまざまな形態の『文正草子』の一種として草双紙体裁のものがあってもおかしくない。また、寛延期は新板物の草双紙の表紙は基本黒本体裁であった。しかし、この頃、昔話種の草双紙が赤本体裁で販売されていたと想定されることを踏まえれば、正月の草子の

考証随筆　時代の経過によって定かでなくなったさまざまな事柄について、その成立や展開、消えていった背景などを、考証した随筆。根拠となる資料を示しながら考証の過程や結果を示し、トピックごとにまとめる。

読初におあつらえ向きの『塩売文太物語』が赤本体裁で店頭に並ぶことは、順当であったと見込まれる。本作品は新板ではあるものの、初春の祝儀ものとしてふさわしい内容であったため、商品としての特性上、赤本体裁での販売がなされたものと考えておきたい。

四▼黒本青本だってお洒落だ

1　黒本青本にも序文はある

『金々先生栄花夢』には冒頭に「序」と銘打った文章が付されている。「文に曰く、浮世は夢の如し。歓を成す事いくばくぞや」から始まる文章は一見格式高く、難しそうにも見えるが、実は読者を惹きつけるためのさまざまな趣向を凝らしている。このような序は、黄表紙に散見される。かつて示された黄表紙の注釈類では、このような序が赤本や黒本ではほとんど存在しないことや、文章に盛り込まれた内容や文体が使用されていることを根拠として、黄表紙が成人をメインターゲットとしていることを示す証拠のひとつとして位置づける向きもあった（『江戸の戯作絵本（一）初期黄表紙集』所収『金々先生栄花夢』・『うどんそば／化物大江山』解題および解説等、現代教養文庫、社会思想社、一九八〇年）。

しかしながら、実際には、黒本青本にも序にあたるものは存在する。そして、それらは概ね読者への挨拶と、作品のコンセプトを示す、説明書としての機能を果たしている。以下に、黒本青本に配された序を二例示す。

○明和三年（一七六六）刊『源氏重代／友切丸』（五巻五冊、鱗形屋板）一丁表（図19）

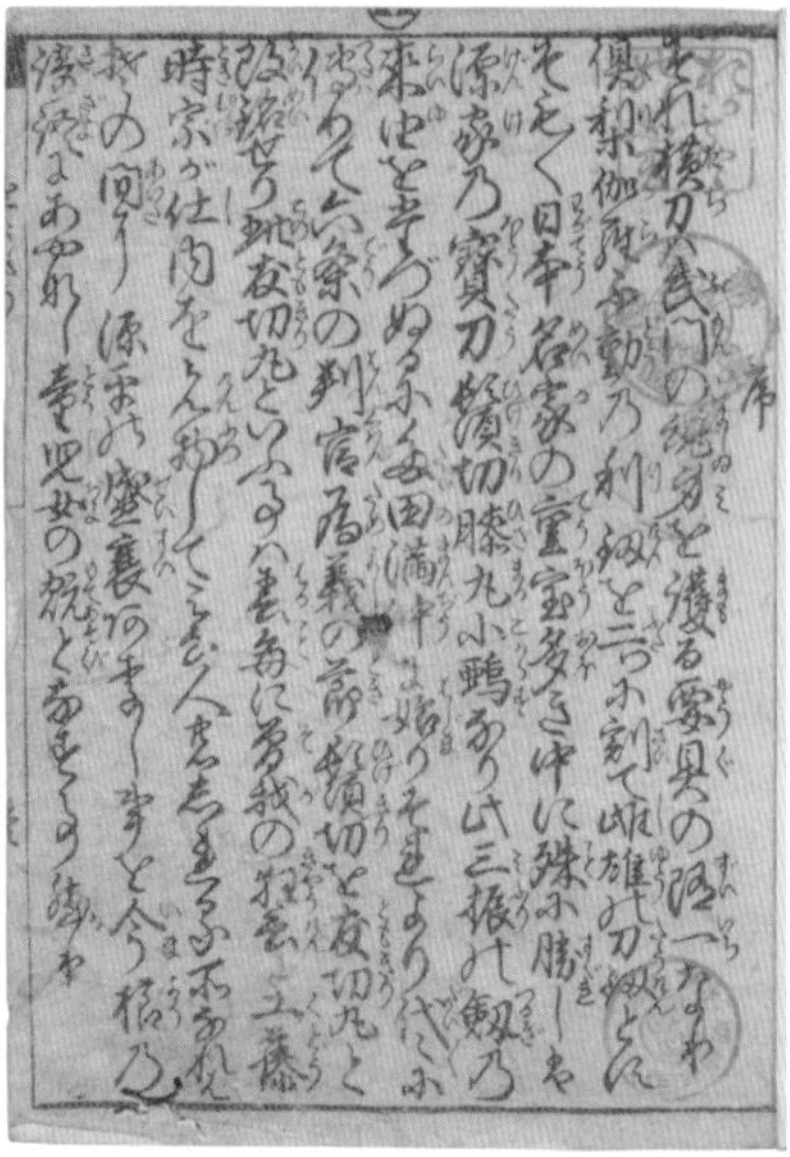

図19　『源氏重代／友切丸』 1丁表「序」

序

それ横刀《たち》は武門《ぶもん》の魂《たましゐ》身を護《まも》る要具《やうぐ》の随一《ずいいち》なり　倶《く》利伽羅《りから》不動《どう》の利剣《りけん》を二《ふた》ツに割《さい》て雌雄《しゆう》の刀剣《たうけん》とす　そも〱日本名家《わがてうめいか》の重宝《てうほう》多《おほ》き中に殊《こと》に勝《すぐれ》しは源家《げんけ》の宝《ほう》刀鬚切膝丸小鴉《たうひげきりひざまるこからす》なり　此三振《みふり》の剣《つるぎ》の来由《らいゆ》をたづぬるに多田満仲《たゞのまんぢう》に始《はじま》りそれより代々《だい〱》に伝《つたは》りて六条《でう》の判官為義《はんくはんためよし》の節鬚切《ときひげきり》を友切丸《ともきり》と改銘《かいめい》せり　此友切丸《このともきり》をといふ事は春毎《はるごと》に曾我《そが》の狂言《きやうげん》に工藤時宗《くどうときむね》が仕《し》内を見物《けんぶつ》してみな人のしれる所なれはその間《あいた》に源平の盛衰《せいすい》ありし事を今様《いまやう》の綺語《きぎよ》にあやなし童児女《どうしぢよ》の翫《もてあそび》となす事然《しか》り

簡単に文意を押さえると、以下のとおりになる。

「日本において武家にとっていちばん大切な宝は刀ですが、なかでも一番の宝は源家の宝刀の鬚切丸・膝丸・小鴉です。これら源家に伝わる宝刀については、曾我狂言▲の友切丸のエピソードによって読者の皆様によく知られているところなので、曾我兄弟の敵討ちの話ではなくて、そこに至るまでの源家の宝刀のエピソードを、現代風のきれいな言葉に置き換えて、お子様や女性の方々に楽しんでいただけるようにと、本作品は構成しています。」

○明和三年（一七六六）刊『伊勢《いせ》風流《ふうりう》／続松紀原《うたかるたのはじまり》』（三巻三冊、鱗形屋板）一丁表（図20）

伊勢物語《いせものかたり》といふ草子《さうし》は　伊勢の二字《じ》を男女《めおと》と読《よま》しめ　業平狩《なりひらかり》の使《つかひ》にいせへ下り斎《いつき》の宮《みや》にあひ奉りしを不思議《ふしぎ》とする間《あいだ》　題号《だいかう》とせる也　元来《もとより》　なりひら自《みづか》らをむかし男と書《かき》て　外《ほか》のひとのやうに宣《のたま》ふわかち　幷ニ　いせ物かたりの哥《うた》のこゝろ　又は　やまと言葉《ことば》を今様《いまやう》にあやなし　子共《こども》様方《かた》のはやく御合点《かてん》まいるやうにと画師《ゑし》鳥居《とりゐ》が筆《ふで》をたのみ　むかしおとこの恋《こひ》の

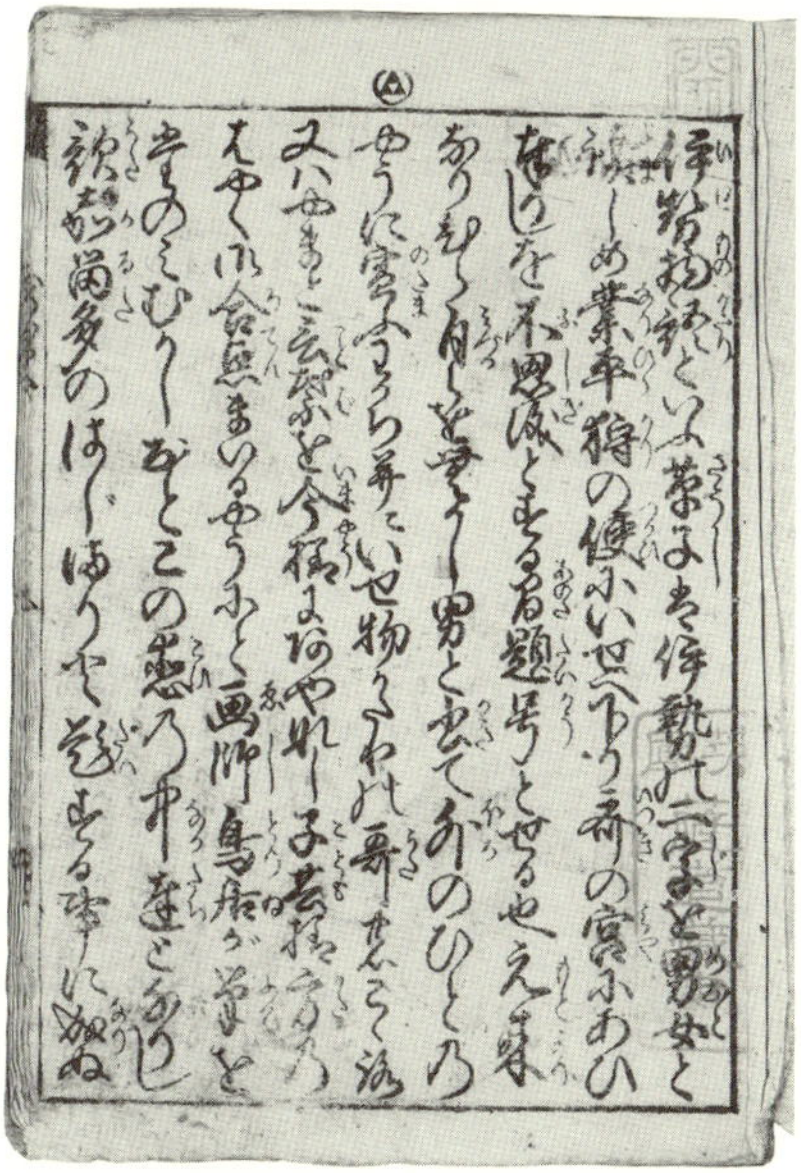
図20　『伊勢風流／続松紀原』１丁表「序」

曾我狂言　源頼朝による富士の巻狩りの場で、曾我十郎祐成と曾我五郎時致の兄弟が父親の仇である工藤祐経を討った事件を題材とした歌舞伎狂言を指す。江戸の各座では享保期から吉例として初春狂言にすることが定着した。友切丸は、曾我兄弟が敵討ちに使用した刀として知られていた。

中達《なかたち》となりし　歌嘉留多《うたかるた》のはじまりと題《だい》する事に成《なり》ぬ

簡単に文意を押さえると、以下のとおりになる。

「伊勢物語という物語は、「伊勢」の二字を男女と読ませて（解釈して）、在原業平が狩の使いで伊勢に下った際に斎宮に面会したというエピソードに因んだタイトルです。作者は在原業平自身であるのに、敢えて「昔男」と第三者であるように語っている事情や、収録されている和歌の意味、古い時代の言葉を現代風に置き換えて、お子様方がスピーディに理解できますように、絵師の鳥居さんの挿絵にも力添えいただき、昔男（業平）の恋愛の仲介役の機能を果たした歌嘉留多《うたかるた》（男女が和歌の上の句と下の句をそれぞれ詠み、一首を成すこと、そこから転じて和歌の上の句を読み、下の句を記したカードを取り合う遊び。今で言う小倉百人一首のようなもの）の起源というタイトルを付けることにしました。」

これらは共に明和三年に刊行された鱗形屋板の黒本青本に付されたものである。『源氏重代／友切丸』は一行目に「序」と銘打っているが、『伊勢風流／続松紀原』にはそれがない。しかしながら、文章のみで構成され、物語が実質的に動きはじめる前の最初の場面に配置されていること、同年の、同じ板元による作品であることなどから、共に序として置かれたものと考えてよい。

黒本青本にはこのような序を有する作品が散見されるが、概ね以下のような情報を盛り込んでいる。

① 典拠となる文芸作品についての概説
② 作品のコンセプト（典拠のどこに焦点を当てているかなど）
③ 読者の便を図ったポイント
④ 読者への挨拶

黒本青本にみえる序は、現代風にたとえると、電化製品を購入した際に、使用前にとりあえず目を通す簡便なマニュアルのようなものである。次の場面から始まる物語の展開をスムーズに理解し、楽しんでいくうえで最低限必要な情報を提示するという機能を有している。

2　黄表紙の序文は違うのか

それでは、黄表紙の序はどうなっているであろうか。黄表紙の嚆矢たる『金々先生栄花夢』を例に見てみる（図21）。

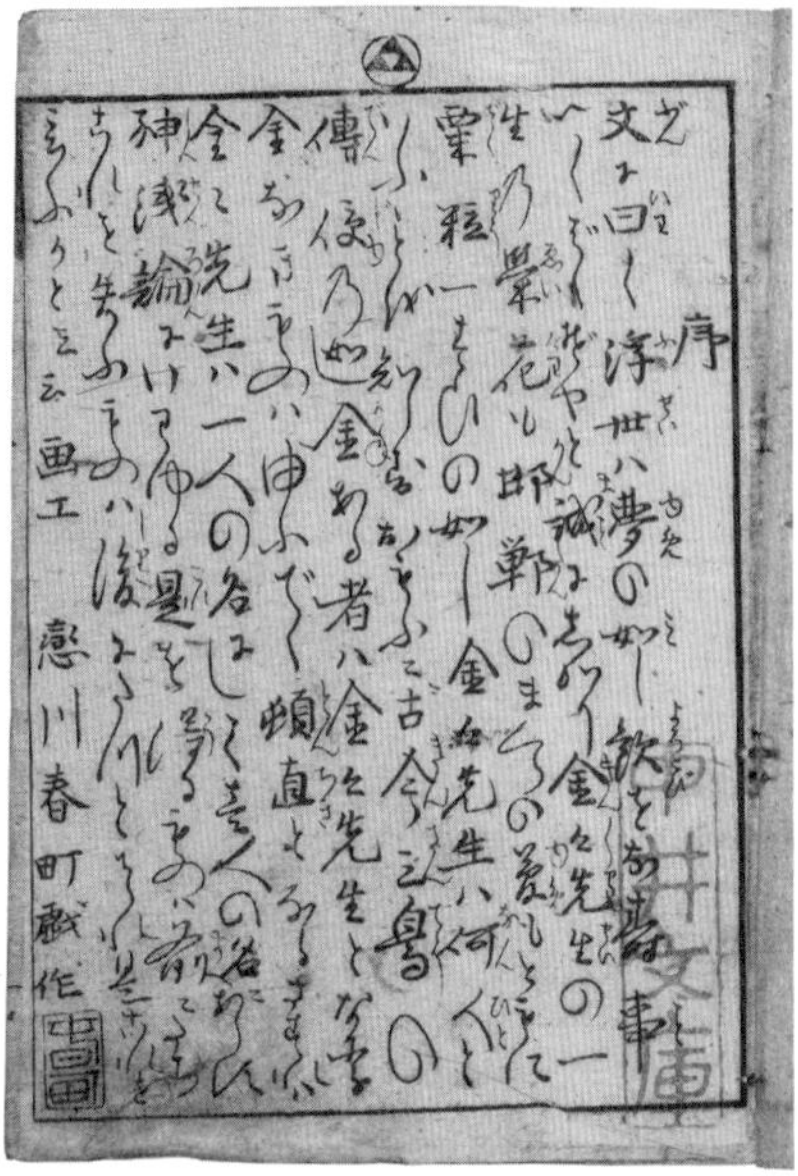

図21　『金々先生栄花夢』1丁表「序」

序

文《ぶん》に曰《いわ》く　浮世《ふせい》は夢《ゆめ》の如《こと》し　歓《よろこび》をなす事《こと》いくばくぞやと　誠《まこと》にしかり　金々先生《きんくせんせい》の一生の栄花《ゑいぐわ》も邯鄲《かんたん》のまくらの夢《ゆめ》も　ともに粟粒《ぞくりう》一すひ《〔炊〕》の如し　金々先生は何人《なんひと》といふことを知らす　おもふに古今三鳥《こきんさんてう》の伝《でん》授《じゆ》の如し　金《かね》ある者は金々先生となり　金なきものは　ゆふでく　頓直《とんちき》となる　さすれは　金々先生は一人の名にして壱人の名にあらす　神浅論《しんせんろん》に　いわゆる是《これ》を得《う》るものは前《まへ》にたち　これを失ふものは後《しりへ》にたつと　それ是これを言ふかと云云

画工　恋川春町戯作

『江戸の戯作絵本』所収の本作品に付された解説では、「子供には理解できない漢語や故事まじりの戯文であった」とする。確かにこの文章には邯鄲の故事の他に、漢詩の引用（李白「春夜桃李園に宴するの序」の一節「浮世は夢のごとし。歓を為すこと幾何ぞや」）から始めて、古今三鳥の伝授（『古今和歌集』の語句の解釈に関する秘伝）、中国西晋の『銭神論』のパロディ表現（本来は金銭を重んじることの愚かさを説くが、「神」と「浅（銭）」の並びを逆にすることによって、意味を逆（金が有れば人に先んじることができるが、無ければ後をついていくことになってしまう、の意）に置き換えている）へと続け、最後は「それ」「是」「これ」と指示語を並べ、「云云」で結んではぐらかす。先に挙げた黒本青本の序文に比べて、だいぶおとなっぽい、洒落た印象を受ける。

もう一例、黄表紙の序文を示す。

○天明三年（一七八三）刊『草双紙年代記《くさぞうしねんだいき》』（岸田杜芳作、北尾政演画、和泉屋市兵衛板。図22）

いざ立寄《たちより》て見《み》て行《ゆか》ん　年経《としへ》ぬる趣向《しゆかう》と新《あたら》しき大通《だいつう》と　合鏡《あわせかゞみ》のうら明と書写《かきうつし》　岸《き》田《し》杜《だ》芳《と》がしたり顔《がほ》に　是《これ》見よと出格子《でがうし》の間から机《つくへ》の上《うへ》に投込《なげこみ》ぬ　幸《さいわい》のねむた覚《ざま》しとおしひらけは　当世役者身振声色《とうせいやくしやみぶりこわいろ》　つぎは市川三舛《いちかわさんじやう》と　いわねどそれにましら智慧《ちへ》　かのむだ言《こと》の一巻《ひとまき》　しりぞひて能《よく》〳〵是《これ》を考《かんがう》れば　何《なん》の御茶《おちや》にもならぬ事　別《わから》ねへとかいつて　ぐひ流しとしやれかければ通人《つうじん》方に不通《ふつう》〳〵と笑《わら》われて指《ゆび》さゝれても大事《た[い]じ》ないが　ソリヤ洒落《しやれ》るのじやない　ぶしやうなじやと　よつて通人《つうじん》の外《ほか》けん覧《らん》をゆるし給へと　しよう事なしに序《じよ》ス

天明三卯／初春　　南杣笑／楚満人

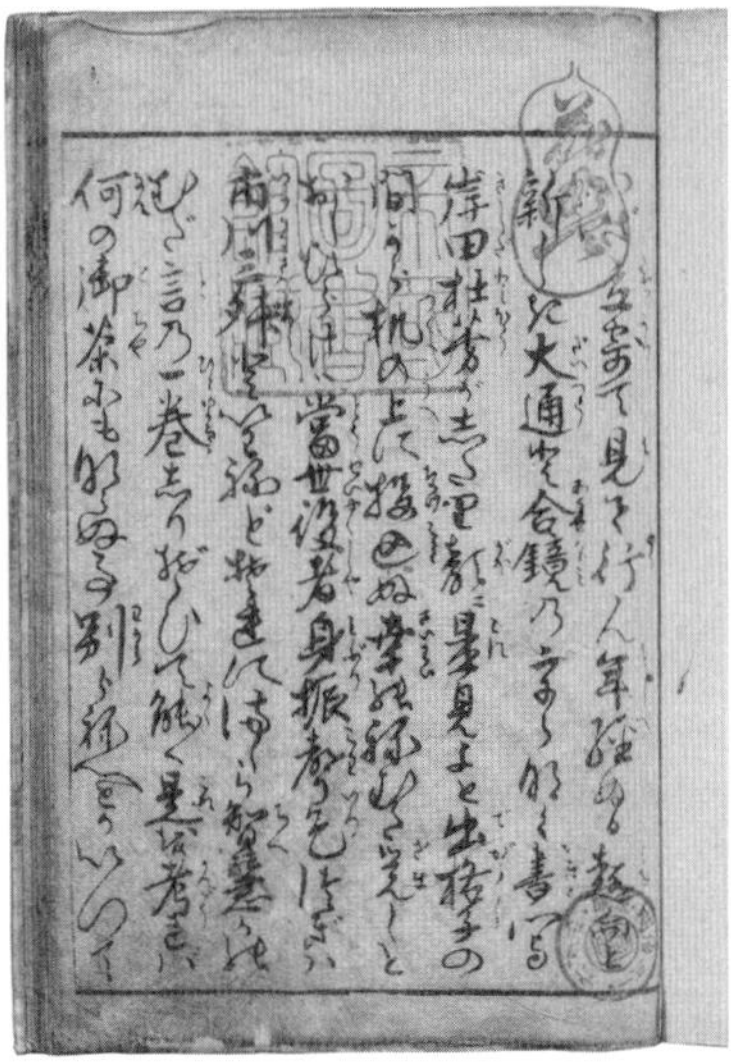

岸田杜芳戯作

されはとて／香《か》は／うつされす／梅暦《むめこよみ》

本作品は『金々先生栄花夢』の八年後に刊行された。作中に使用された言葉遊びの表現（「四方のあか」「ひきのやのあんころ」「大木のはへぎはふといのね」「てんじやうみせてこます」等）の並び具合から、大田南畝の『菊寿草』の影響が看取できる（加えて、恋川春町の影響も考えてみるべきか。言葉遊びの表現については、次節で詳しく取り上げる）。岸田杜芳作であるが、序文については南杣笑楚満人が寄せるかたちになっており、草双紙に付される序の多くが半丁であるのに対し、一丁半と、比較的大きく紙幅を割いている。

序の末尾には正月の新板物に相応しい発句《ほっく》と、両面摺《りょうめんずり》の年代記にみえる図様を配している。年代記は歴代の事件や天変地異等を年代順に掲載した通俗的な歴史年表で、両面摺とは一枚の紙の表裏に印刷したものを指す。両面摺の年代記は、一面に日本地図や「灸を忌日の事」（お灸を据えるのを避けるべき日）といった日用に役立つ情報を掲載し、もう一面には「慶長十七／七月廿四日大あられふる」「十八／四月ならの大

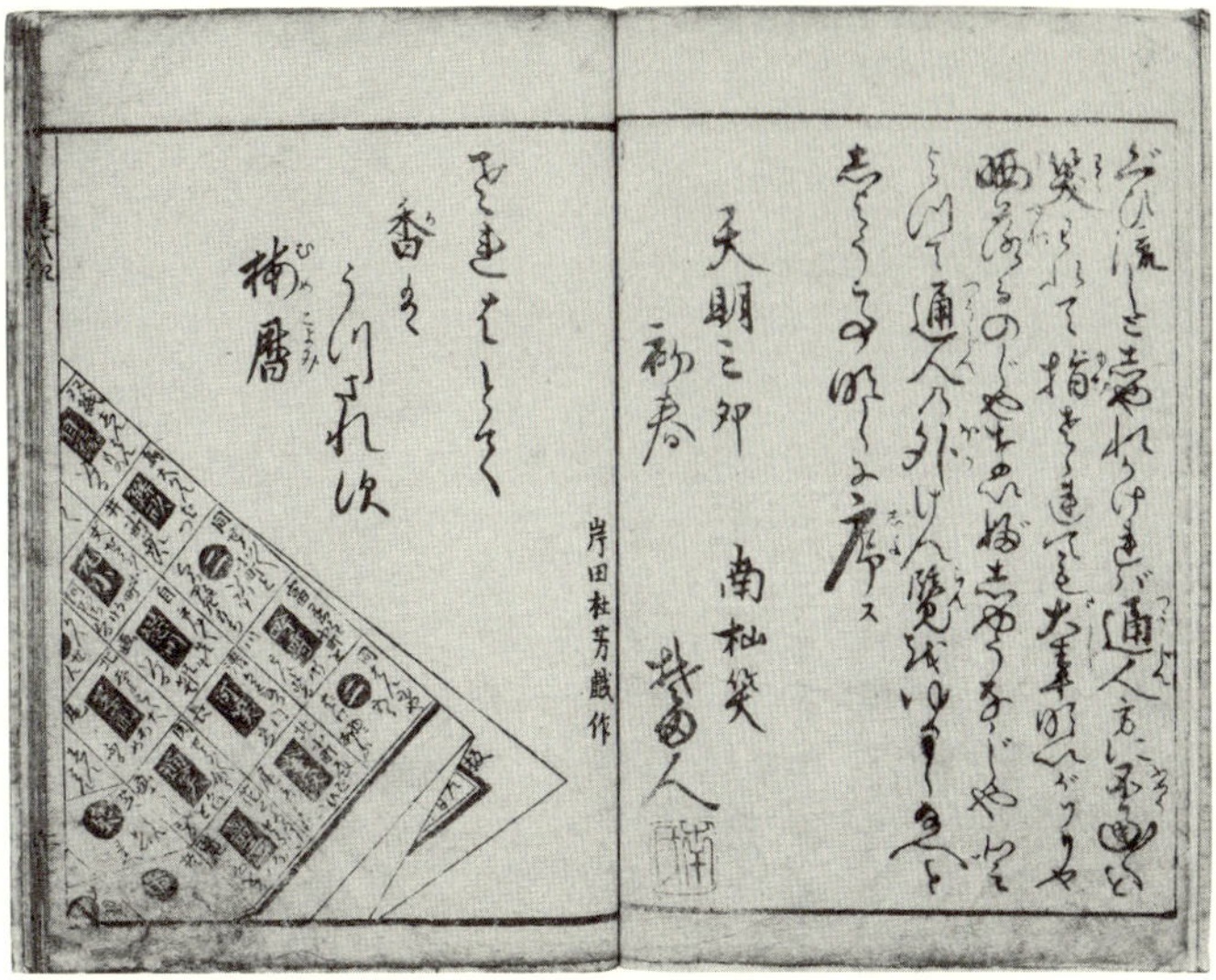

図22 『草双紙年代記』 右：1丁表 左：1丁裏・2丁表

仏のかねをいる」のように、その年に起こったとされる事件が年ごとに並ぶ。折りたたんで携帯することができた。『草双紙年代記』の図は、両面摺を畳んだ様子を描いている。

本作品は、各場面に作者や絵師、板元等の設定が置かれ、画文共にその設定を再現したような表現がなされているところが見どころだが、一枚摺の年代記の中には、各場面に仕込まれた設定が「鳥井／鱗形／大かんばつ 小町さんだい」（鳥居派の絵師が挿絵を担当した鱗形屋板という設定で、大干ばつが起こったため、小野小町が参内した場面、の意）のようなかたちで明示されている。

『金々先生栄花夢』の序は、『草双紙年代記』に比べると、黒本青本の序に近い様式となっている。先行研究によって指摘されるように、内容についてはさまざまな趣向を凝らしているが、これもまた、見方を変えると、黒本青本の序に近い性質を持っているともいえる。先に挙げた黒本青本の序にみえる四条件のうち、典拠となる文芸作品についての概説・作品のコンセプトの二つについて、条件を満たしている。

「金々《きんきん》先生《せんせい》の一生の栄花《えいぐわ》も邯鄲《かんたん》のまくらの夢《ゆめ》も ともに粟粒《ぞくりう》一すひの如し」は、この作品が邯鄲をモチーフとし、金々先生を主人公としたものであることを事前説明する役割を果たしている。その点からいえば、従来の草双紙の作法に則《のっと》った序ともいえる。また、『草双紙年代記』の序は、黒本青本のそれとはだいぶ趣が異なるが、両面摺の年代記の存在が、作品のコンセプトを示し、結びの「通人《つうじん》の外《ほか》けん覧《らん》をゆるし給へ」は、「通人以外は御覧にならないでください」という意味だが、つまりは「通人の皆さまに御満足いただける作品なので読んでくださいね」ということなので、読者に対する挨拶に他ならないのである。黄表紙における序は、作中にさまざまな工夫を盛り込まれることが多いものであったが、その存在と、基本的な構成については、黄表紙時代に入る以前に、既に定着したものであったといえる。

3　言葉遊びのもとは黒本青本――黄表紙は古いギャグのもじり

『金々先生栄花夢』にはいくつかの言葉遊びの語句が登場する。作品冒頭の「そろばんの玉はずれお［ママ］しこため山」、金々先生の取り巻きが吉原行きへと誘う「あしたはほつこくへいき山とおでかけなさりませ」（明日は北国（吉原）にお出かけなさいませ）、節分の際、金々先生に豆の代わりに金銀を撒いてもらった取り巻きの「これはありかた山のとんびからす　これおも〔ママ〕つてけんぎやうになり山と出かけやう」（これはありがたい。この金を上納して検校（盲人の最高位の官位）になろう）などがこれにあたる。

これらの語は、『金々先生栄花夢』の注釈が示される度に、「当時の流行語」（安永四年当時、新しい言葉として市井《しせい》でもてはやされた言葉）のように説明されてきたが、これは誤りである。

「山」を語尾に付したり、語尾に鳥の名などを派生させた言葉遊びは、古来あるものである。古くは平安時代の和歌に用例があるというが、草双紙にこのような定型の言葉遊びが入ってきたきっかけは、上方から江戸に下ってきたと想定すればよいように思われる。

「山」ではないが、構造の似ている語に「ならずの森のほととぎす」（ならずの森の＋森に存在するもの）がある。「ならず」は京都下賀茂神社の境内にある糺《ただす》の森のもじりで、草双紙では鱗形屋板の黒本青本に確認される定型句である。草双紙に先行するかたちで、天和二年（一六八二）刊、井原西鶴の『好色一代男』（「是はならずの森の柿の木口へはいる物こそと」）や、八文字屋本《はちもんじやぼん》（元禄十四年（一七〇一）『けいせい色三味線』「どふもならずの森のほと丶ぎず」、宝永七年（一七一〇）？『野白内証鑑』「大かたはならずの森の郭公」、正徳二年（一七一二）『野傾旅葛籠』「今いふて今はならずの森の郭公」）など、上方の浮世草子の用例が散見される。浮世草子の江戸における展開や、そういった浮世草子が黒本青本の素材として使用された状況を踏まえると、鱗形屋の草双紙に言葉遊びの語句をもたらしたのはこのような上方下りの文芸であった可能性がある。

このような定型の言葉遊びの下限については、筆者の知る範囲では、人気漫画・アニメの『名探偵コナン』での使用例が挙げられる。大阪の高校生が「有り難山《がたやま》のホトトギス」と言うと、京都の高校生が「会《あ》いに北野《きたの》の天満宮《てんまんぐう》」（「会いに来た」に京都の北野天満宮を派生させた言葉遊び）と返すものである。これは例外的な事例だと考えるのが妥当であろうが、この掛け合いが上方の人間同士でなされていること、「ありがた山」に続くのが、「とんびからす」でも「かんがらす」でもなく「ほととぎす」であることが注目される。「山」や「森」などに添える鳥の名は、草双紙では多くがカラスの仲間だが、先に示したように、上方の用例は「ほととぎす」が主流である。京都の高校生に御当地由来の言葉遊びを割り当てていることからいえば、「有り難山のホトトギス」も地域性を意識して選んだ語の可能性はあるのか。あるいは、この類《たぐい》のギャグは近世以来生きつづけ、関西では今もなお現役なのか、等々。つけっ放しのテレビからこのフレーズが聞こえてきた時には、たいそう衝撃を受けた。

その後、類例が次々と出てくることはなかったので、この類の言葉遊びが今も町中で使われているとするには無理があるだろう。ただし、そこまででなくとも、「〇〇山」「〇〇山＋鳥などの山に存在する動植物」の語は、近世後期までの、さまざまなジャンルで散見されるため、市井に出回っていた語と理解することに、不都合がないようにも見える。

しかしながら、恋川春町がこの語形を市井の流行語として『金々先生栄花夢』に使用したとは考え難い。

なぜなら、春町は三年後の安永七年（一七七八）に刊行した『辞闘戦《ことばたたかい》新《あたらしい》根《のね》』の中で、同種の言葉遊びの語句を、鱗形屋の草双紙と強く結び付くものとして作中に組み込んでいるからである。

『辞闘戦新根』には「大木の切口太いの根」「どらやき」「さつまいも」「鯛の味噌ず」「四方のあか」「一ぱいのみかけ山のかんがらす」「放下師の小刀のみこみ印」「ならずの森の尾長鳥」「てん上みたか」「とんだ茶釜」という十種の語句が登場人物として擬人化されている。

この作品の梗概を簡単に示すと、「草双紙の氏神」と自称する「大木の切口太いの根」以下の擬人化された言葉遊びの語句が、最近板元をはじめとする草双紙出版に関係する人間たちが自分たちを大切にしないのを不満に思い、「とんだ茶釜」の諫言も聞き入れず、さまざまな方法で人間たちを苦しめるものの、最後は「坂田金平」「牛若丸」「はちかつき姫」などによって懲らしめられる、というものである。最後は深く反省した言葉遊びたちは、「洒落の世の中」の現状ではお前たちがいないと「草双紙の趣向」は成立しないとして、特別に許される。

作中冒頭で大木の切口が忠言を聞き入れない状況をどうにか打開しようと、とんだ茶釜が相談に訪れた先は、鱗形屋の蔵に閉じ込められていた「坂田金平」をはじめとする草双紙の先輩格にあたる面々である。大木の切口たちが、待遇の悪さに腹を立て、襲った板元も鱗形屋である。最後、懲らしめられた言葉遊びの面々が、事件の顚末《てんまつ》を綴った新作の草双紙を残して姿を消すが、その題簽のデザインも安永五年の鱗形屋板の様式を模しているように見える。よって、恋川春町はこれらの言葉遊びの語句を伝統的なスタイルの（黒本青本風の）鱗形屋板草双紙と結びつくものと認識し、モチーフとしたということが明らかである。

ところで、本作品の中で、「大木の切口太いの根」を、リーダー的ポジションに在りながら心が満たされていないという人物造形にしたのはなぜか。作者である春町の意図を探ってみたい。

「大木の切口太いの根」は「根」を添える言葉遊びのひとつであり、全体で「ふとい」の意をあらわす。「大木の」は「太いの根」から連想される語を語頭に派生させた形で、「大木の生え際」を添えた形もある。これも併せて用例を挙げると以下のとおりである。

① 明和元年（一七六四）刊『双丘《ならびのおか》／金売橘次《かねうりきちじ》分別袋《ふんべつぶくろ》』、鳥居清倍または清満画、鱗形屋板

うぬがしうちは、大ぼくのはへぎはでふといのねときてゐる

② 安永元年（一七七二）刊『化娘《いたずらむすめ》／沙門大黒舞《おてらのだいこくまい》』、鳥居清経画、鱗形屋板

ひこちやにせふとはきついはりこみ、大はへぎはときたそ

③ 安永三年刊『薬種／色道匂袋』、鳥居清経画、鱗形屋板

大ぼくのはへぎはてふといのねときた

④ 安永四年刊『三人頑者真敵打《さんにんかたわまことのかたきうち》』、鳥居清経画、鱗形屋板

大ぼくのはへぎはでふといのねときた

⑤ 安永六年刊『童子《どうじ》養育《よういく》／金父母《こがねのかぞいろ》』、深川錦鱗作、鳥居清経画、鱗形屋板

われも大ぼくのはへぎはてさてもふといのねときたは

⑥ 安永六年刊『南陀羅《なんだら》法師柿種《ほうしのかきのたね》』、朋誠堂喜三二作、恋川春町画、鱗形屋板

うぬふるいせりふだか、大ほくのきり口ふといのねときた

⑦ 安永七年刊『藤沢入道／熊坂伝記』、鳥居清経画、鱗形屋板

われらは大ぼくのはへぎはでふといのねといふせかいだ

⑧ 安永七年刊『玉屋新兵衛《たまやしんびょうえ》／夢中海原《むちゅうのうなばら》』、鳥居清経画、鱗形屋板

ほんのたいぼくのはへぎわてふといのねときた

⑨ 安永七年刊『辞闘戦新根』、恋川春町作・画、鱗形屋板

こうふみつけられては、あたまか大木の切口いたいのねだ

⑩ 天明二年（一七八二）刊『手前勝手／御存商売物《ごぞんじのしょうばいもの》』、北尾政演作・画、鶴屋板

くろぼんは、しよせんたひぼくのきりくちくらひでは、けちをつけることはおもひもよらずと

⑪ 天明三年刊『草双紙年代記』、岸田杜芳作、北尾政演画、泉市板

くろぬしめが、あのかつはやのはけといふつらていろ事とは、大木のはへきはふといのねときた

⑫ 天明四年刊『従夫以来記《それからいらいき》』、竹杖為軽作、喜多川歌麿画、蔦屋板

丈阿がそうしに、大木の切口でふといの根ときて、がてんか〳〵などゝ中は、いたつての古ぶんじて

⑬ 天明四年刊『吉原大通会《よしわらだいつうえ》』、恋川春町作・画、岩戸屋板

すい瓜のきり口丸寿の字はどうふだ。大木のきり口よりきびしいのねだろう

⑭　享和二年（一八〇二）刊『稗史億説年代記《くさぞうしこじつけねんだいき》』、式亭三馬作・画、西宮板
○赤本時代の詞くせを早く覚ゆるうた△大木のはへきはときてふとじるし、
てんとふといの根じやふてらこい

明和初年から天明、享和のころまでの用例が確認され、これは黒本青本から後期の黄表紙までの長期にわたっているが、時代が下るにつれて、その位置づけが変化している。

黒本青本では、「太い」の意で使われている。鱗形屋板で鳥居派の絵師の作品に用例の多くがあり、黄表紙時代に入っても傾向は変わっていない（①②③④⑤⑦⑧）。

それに対し、安永四年以降に草双紙に新規参入した作者による、新傾向の作品では、従来とは異なる意図が感じられる。例えば、⑥『南陀羅法師柿種』では、「古いせりふだが」という前置きが付されている。⑫『従夫以来記』では、丈阿と結びつけ、古文辞と掛けることで時代遅れであることを示唆している。⑭『稗史億説年代記』では、完全に前時代の語として位置づけられている。この語は元来の「太い」の言葉遊びとしての機能は次第に失われていき、古めかしい言葉、前時代の黒本青本を連想させる言葉として概念化されていったといえる。『辞闘

戦新根』はその概念を、最も早い時期に、最もはっきりと示した作品である。

この語句は「大木の切口」と「大木の生え際」の二つの型に分かれているが、「大木の切口」は黒本青本には存在しない語形で、元来は存在しなかったものである。恋川春町が作者や絵師として関わっている作品の用例は全て「切口」となっており（⑥⑨⑬）、語形を誤っている。さらにそれを踏襲する作品まである（⑩⑫）。春町はこの語を「大木の切口太いの根」の形で認識し、鱗形屋と結びつくものとして『辞闘戦新根』に登場させたが、鱗形屋の黒本青本には「大木の切口」型の用例はひとつも確認されない。元来の形は「大木の生え際太いの根」で、「大木の切口太いの根」は春町の誤りだと推測される。

次に、「一ぱいのみかけ山のかんがらす」について見てみよう。この語句は「一杯のむ」の意で、「山」を添える言葉遊びのひとつである。黄表紙においては、酒肴の「鯛の味噌ず」、酒を意味する「四方のあか」と列挙されている例が目立つ。

先述のとおり、「山」を添えた言葉遊び自体は長きにわたってさまざまなジャンルで使用され、鱗形屋の黒本青本の使用例も多いのであるが、黒本青本では取り合わせられる趣向ははんぺん・田楽・潮汁など、バリエーションが豊富で、「鯛の味噌ずに四方のあか」のような定型のパターンは見当たらない。

「山」を添えた言葉遊びについての、黄表紙での扱われ方を見てみると、新しい語というよりも、むしろ、時代遅れな語として引かれる例が目立つ（用例については一部漢字に置き換え、濁点等を補っている）。

①　安永八年（一七七九）刊『七人芸浮世将門《しちにんげいうきよまさかど》』、鳥居清経画、鱗形屋板

古けれど一ぱいのみかけ山のかんがらす

②　安永九年刊『桃太郎宝噺《ももたろうたからばなし》』、北尾政美画、村田屋板

ちとひきかけ山のと言ふも久しい［古臭い、ありきたりだ、の意］ものさ

③　天明元年（一七八一）刊『当世大通仏買帳《とうせいだいつうぶつかいちょう》』、芝全交作、鶴屋板

しめかけ山のかんがらすは古いによって、かんとんびがあぶらげをさらふように

④　天明三年刊『悪抜正直曾我《あくぬきしょうじきそが》』、恋川春町作・画、鱗形屋板

一ぱいのみかけ山の古いことだがみそさゞい

⑤　天明八年刊『会通己恍惚照子《かいつううぬぼれかがみ》』、京伝作、政演画、西宮

これはありがた山吹〳〵と洒落るも久しいやつさ

⑥　天明八年刊『悦贔屓蝦夷押領《よろこんぶひいきのえぞおし》』、恋川春町作、北尾政美画、蔦屋板

昔ならば鯛の味噌ずに四方のあか一ツぱいのみかけ山といふ場だ

この他、寛政四年（一七九二）刊『桃太郎発端話説《ももたろうほったんばなし》』や享和二年（一八〇二）刊『稗史億説年代記』でも「山」を添える語句が黒本青本と結びつくものとして多数用いられており、この語についても他の語と同様の傾向が見られる。

以上のことから、『金々先生栄花夢』に複数回配されている言葉遊びの表現は、市井の流行語として配したものでも、新奇の趣向として示したものでもない。安永七年『辞闘戦新根』では、現状草双紙に登場はするものの、精彩を欠いたものとして造形されているわけだが、春町にとって初めて草双紙を世に送り出した安永四年時点で明確な意図があったかは分からない。ただし、最新の流行語を盛り込んだという理解は誤りである。用例を見る限り、ベーシックな鱗形屋の草双紙に近い性質のものとして理解するのが、現状順当であると判断される。

先にも述べたが、文学史において、黄表紙は先行する草双紙群に比して特異な特徴を有する、新奇な文学性を持ったものとして位置付けられてきた。その評価は、後の時代から振り返ってみと、一定の妥当性が認められるものである。単純で素朴な、先行作のダイジェストに過ぎなかった草双紙を素材に、お洒落に知識や教養を盛り込んだ大人の悪ふざけの世界を展開して見せたのだと言われれば、なるほどと納得できる作品も少なくない。

しかしながら、黄表紙の読み物としての面白さは、すべて新規参入の草双紙作者（黄表紙作者）がもたらしたものではない。草創期以来、草双紙はさまざまな分野の先行作品を素材に、様式や画文の構成を整備するなかで、時事的な情報の取り込みや言葉遊びなどの読者のニーズに応える工夫を盛り込んだものであった。これらの特徴は、従来の研究史において黄表紙と結びつけられがちなものだが、先行する草双紙群にも当てはまるものであり、草双紙は早くから知的遊戯性を具えたものとして存在していたといえる。お洒落なのは黄表紙だけではない。黒本だって、それなりにお洒落なものなのである。

草双紙の基本的な性質が、いわゆる黄表紙の時代が花開き、一定期間展開するのを底支えした。その後、いわゆる黄表紙的な文学性を持ち合わせた作品が姿を消しても、草双紙の基本的性質は生き残り、次なる展開のベースとなったものと筆者は考えている。

五▼草双紙は臭い双紙か
——馬琴の説を検証する

1 『近世物之本江戸作者部類』の語る草双紙の沿革

先に述べたように、草双紙の文学史上の定義の拠りどころとなった文献としては、大田南畝の『菊寿草』序文がまず第一のものである。その『菊寿草』と同程度注目され、取り上げられる機会の多い文献に、曲亭馬琴の『近世物之《きんせいものの》本江戸《ほんえど》作《さく》者部《しやぶ》類《るい》』がある。この中で馬琴は読本作者やその著作について多くの紙幅を割いているが、読本に先行して江戸で展開したものとして草双紙を取り上げている。その冒頭には、草双紙の沿革が以下のように示されている。

江戸の名物赤本といへる小刻の絵草子は、享保以来しいだしたり。貞享・元禄の間、享保までは、さるさうしありといへども、紗綾形《さやがた》・或は毘沙門亀甲形なる行成標紙《かうぜいびやうし》をもてして、『酒顚童子《しゆてんどうじ》物語』『朝皃《あさがほ》物語』などの絵巻物を小刻にもしたり。或は堺町なる操り芝居、和泉大夫が金平《きんぴら》浄瑠理の正本を板せしのみなりき。かくて享保よりして後は丹標紙《たんびやうし》をかけたるもの、としぐ〳〵に出しかば、世俗これを赤本と喚做《よびな》したり。かくて、寛延・宝暦より漸々《ぜんぜん》に丹《に》の価貴くなりしかば、代るに黄標紙をもてして一巻を紙五張と定め、全二巻を十二文に鬻《ひさ》ぎ、三冊物を十八文に鬻ぎたり。そが中に古板の冊子には、黒標紙をもてして、一巻の価五文づゝ也。世にこれを臭草紙《くさざうし》といふ。この冊子は書皮《ヒヤウシ》に至るまで、薄様の返魂紙《スキカヘシガミ》にて、悪墨《あくぼく》のにほひ有故に臭草紙の名を負したり。この比《ころ》より画外題《ゑげだい》にして、赤き分高《ぶたか》半紙を裁て、墨摺一遍なりき。その作も新しきを旨としつ、『舌切雀』『猿蟹合戦』などの童話を初として、或は『太平記』の抄録、説経本の抄録など、春毎に種々出たり。価も黄標紙は新板一巻八文 二冊物十六文、三冊物廿四文、古板は七文 二冊物十四文 三冊物廿一文 黒標紙は一巻六文 二冊物十二文 三冊物十八文 なりき。

しかるに書賈は臭草紙の臭の字を忌て蒼《あを》といひけり。黄標紙なるを蒼と唱ること、理にかなはざるやうなれども、宝暦以後は墨の臭気もあらず、世俗草冊子《クササウシ》とこゝろ得たるもあれば、草の蒼々たる義を取て蒼《アヲ》と唱へ、黒標紙を黒といひけり。

かくて明和の季《すゑ》よりくささうしの作に、滑稽を旨とせしかば、大人君子《たいじん》も是をもてあそぶものあるにより、いよ〳〵世に行れて、画外題を四、五遍の色摺にしたり。そが中に、殊にあたり作の新板は、大半紙二ツ切に摺りて、薄柿色の一重標紙をかけ、色ずりの袋入にして、三冊を一冊に合巻にして、価或は五十文、六十四文にも売りけり（こは天明中の事なり。）

先掲の『菊寿草』序文があくまでも戯文で、直接的に草双紙の歴史を記していないのに対して、この馬琴の記事は具体的である。

しかし、この記事の内容を、現存する草双紙の調査結果と照合すると、合致しない部分も含まれる。例えば、寛延・宝暦期以降、「赤本」に代わって「黄表紙（ここでは文学ジャンルではなく、青本体裁の草双紙であることを指す）」が誕生したとあることについては、先述のとおり、「赤本」に代わって登場したのは「黒本」で、寛延期から宝暦期前半に展開していたと見込まれる。その後、宝暦期後半に「青本」が登場したと理解するのが現状順当なのである。また、赤本が消えた経緯について、寛延・宝暦期において、表紙に用いた丹の価格が高騰したことを原因として挙げている。そうだとすると、現在存在が確認されている、寛延・宝暦期に世に出たと推定される『塩売文太物語』や昔話種の後摺の赤本については、どのような整理や意味づけをするのが順当か、といった明らかにしていかねばならない課題も残る。

ずいぶんと昔のことになるが、かつて筆者は一年かけて曲亭馬琴についての講義を受けたことがある。どのような狙いを持ったテーマの下、何を検証し、どのような結論に向かっていったのか、今となっては記憶が定かでないし、また、そもそも当時どれだけ理解していたのかも怪しい。印象に残っているのは、板元との潤筆料に関するやりとりの際、馬琴がやたら細かくて、こだわりが強かったこと、さまざまなトピックについての言辞が、実は自分にとって都合よくいくように狙ったもので、結構なバイアスがかかっていたことの二点である。

そのような印象をいくらか引きずったまま、『近世物之本江戸作者部類』の草双紙に関する記事を読み進めると、「これは本当なのか。大げさすぎはしないか」と疑いたくなる部分がある。それが「古板の冊子には、黒標紙をもてして、[中略]この冊子は書皮《ヒヤウシ》に至るまで、薄様の返魂紙《スキカヘシガミ》にて、悪墨のにほひ有故に臭草紙の名を負したり」の件りである。「草双紙のなかでも、黒本体裁の後摺本は、表紙・本文共に薄い漉き返し紙を用いて、品質の低い墨の臭いがあったため「臭草紙」と名付けた」というのである。漉き返しとは、一度使用した紙（反古《ほご》）を材料の一部（あるいは全部）としてもう一度漉いたもの、つまり、今でいうリサイクルペーパーにあたるものである。

この記事を目にした後に、本物の草双紙を手に取るチャンスに恵まれた人々の多くが、こっそり顔を近づけて、どんなにおいがするのかと、確認してみたにちがいない。強く印象に残る記事である。筆者も当然のごとく、初めて原本の閲覧の機会に恵まれた際に試してみたものだが、埃っぽさと防虫香の混ざったようなにおいしか感じ取れず、二度、三度吸い込んだ後で、馬琴がいい加減なことを言っているのか、それとも経年によるものかと首をかしげたことであった。以来数十年、何人もの人から「草双紙って臭いのですか?」と問われ、都度、草双紙を嗅いだだの、本文料紙に髪の毛が漉き込まれているのをよく見るだのと、情報交換を重ねてきた。それがなんと近年、真っ当な方法で、この「臭草紙」のなぞにアプローチする手段を手に入れるチャンスに恵まれた。

そのひとつが、高精細デジタル顕微鏡による観察によって、古典籍の紙質を分析・評価する方法である。

2　草双紙の紙質をデジタル顕微鏡で見る

『近世物之本江戸作者部類』に示された情報から、以下のような観察ポイントを設定した。

一、草双紙の紙の特徴を整理する。
二、特徴のうち、材料に反古が含まれることに由来するものがあるか。あるとしたら、それはどんなものか。
三、初摺の新板物（青本体裁）と、その後摺本（黒本体裁）では本文料紙の質は異なるか。
四、草双紙の年代によって紙質は異なるか。紙質から、印刷・販売された時期（モノとしての年代推定）は可能か。

などである。

漉き返し紙に関する先行研究の多くは、古筆切れや古文書といった、もっと古い時代の、貴重書扱いされているような資料を対象に、より望ましい保護や管理を目指す流れで示されたものが多い印象である。草双紙のような、商業ベースに乗った廉価な印刷物についてどのような観察や整理をすればよいのか、そのまま雛型とできる情報が見つけられなかったため、手探りで、裏打ちなどの後人による処理がなるべく加わってない草双紙を中心に観察を重ねた。

その結果、紙の質は、以下のような条件の積み重なりの結果として決定づけられていることが見えてきた。

一、材料に何を使用しているか（楮《こうぞ》か、三椏《みつまた》か、あるいは稲わらか。草双紙に関しては雁皮《がんぴ》の使用は想定されない）。

二、反古が材料に含まれるか。含まれている場合、どこまで丁寧に処理しているか。

三、植物由来の雑物をどれだけ丁寧に取り除いているか。

四、紙の質を向上するための手を加えているか（草双紙の場合は米デンプン粒の添加の有無と程度。草双紙の場合、打ち紙処理はなされない）。

五、紙漉きの技術の程度（均等な厚みに漉けているか、漉きムラが生じ、印刷に乱れを生じさせていないか）。

以上のようなポイントに留意しながら、草双紙の紙がほんとうに漉き返し紙なのか、初摺本と後摺本の紙質に違いがあるか、年代によって紙質に違いがあるかなどを検証していった。

まず、大切な結論から申し述べる。草双紙の紙はある時期まですべて漉き返しであったとみられる。

右：図23　『男一面髭抜鏡』11丁表　紙屑買い
左：図24　『親々孝経／唐人之寝言』14丁裏　紙屑拾い

その理由としては、草双紙がサイズも丁数も少なく、安価な本であったため、高価で高品質な料紙に印刷する類のものでなかったことが挙げられる。発行部数に関しても、一作品を完成するための丁数も後の合巻に比して少ない。商売の規模が小さく、毎年の新板物の作製のために確保すべき紙も、江戸で回収した反古と、これまた米俵などを再利用した稲わらとを材料として調達して漉いた紙で必要な量をまかなえたと見込まれる（その他に、新たな材料として楮の繊維を加えた可能性があるのかなどについては、今後の新たな研究方法の開拓と取り組みによって成果に繋げていきたい）。

江戸の町は紙の材料となる植物が安定的に入手できる環境でなかったが、そのかわりに紙を大量に消費する町であったため、反古という紙の材料を得ることは比較的容易にできたと思われる。一説に、反古を回収する者には、紙屑買いと紙屑拾いがいたという。前者は秤《はかり》を持って顧客を回り買い取ったといい（図23）、後者は道端に捨てられた紙屑を拾って歩いたという（図24。紙屑拾いは、野良犬に吠え立てられる姿で描かれるのが通例である。『絵でよむ江戸のくらし風俗大事典』、棚橋

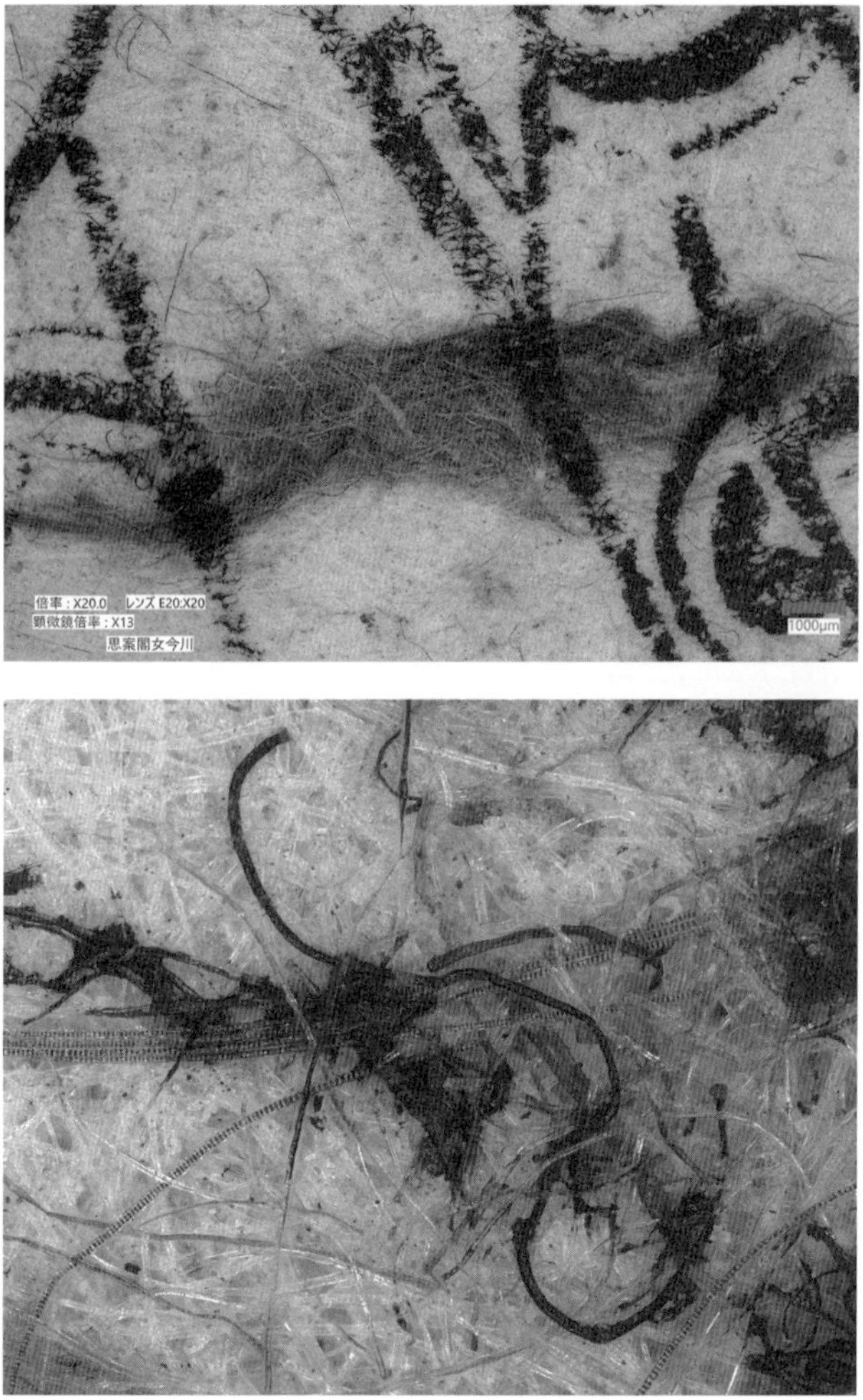

図25　『思案閣女今川』４丁裏のデジタル顕微鏡調査　下図に人髪・獣毛・藍色繊維が見える

正博他編著、柏書房、二〇〇四年）。現在確認できる両者の情報は草双紙等の文芸作品に示されている用例によっているので、実際にはどのような回収システムがあったのか定かではないが、右に示した『思案閣女今川』の例のように、人髪・獣毛・藍色に染まった繊維などが絡まって塊となり、それが漉き込まれた様子などを見ると、反古といっても、様々な品質のものがあり、漉き返し紙もランクによって材料も処理の度合いも異なっていたということが分かる（図25）。

他に、草双紙の紙の品質（の低さの程度）が分かるものとしては、叩解できなかった色のついた紙片がそのまま漉き込まれる例である。『四天王国めぐり』（国

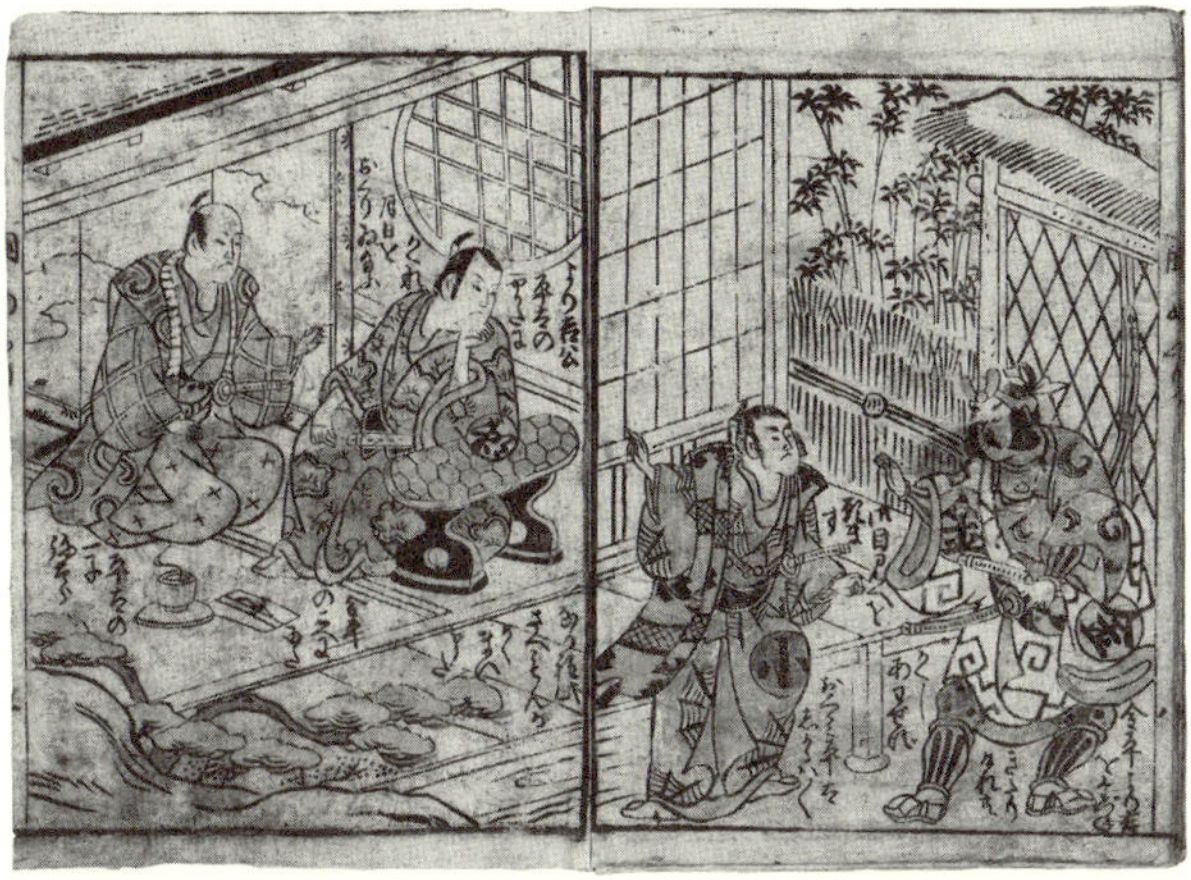

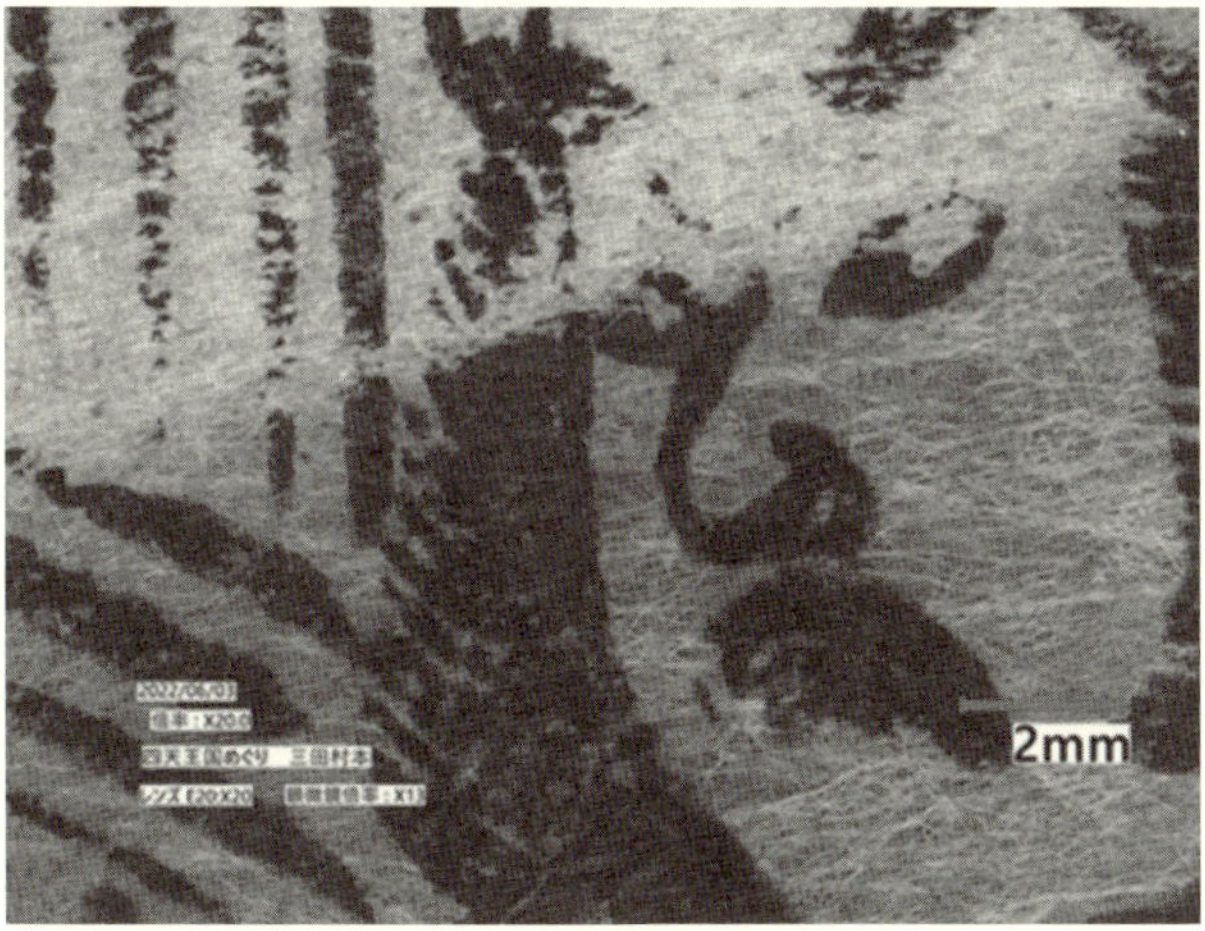

図26　上：『四天王国めぐり』８丁裏・９丁表
下：同上　８丁裏右中央部分の拡大観察画像　茶色の紙片の漉き込み

文学研究資料館蔵）は縦一・五センチ、横三センチほどの叩解しかけの茶色の紙片が漉き込まれた紙の上に登場人物（画面右下の坂田金平）が摺られており、目から下が茶色くなり、紙片のアウトラインの印刷が飛んで白く抜けている（図26・カヴァー参照）。登場人物の衣装等に色が付いているのは所蔵者の少年（三田村彦五郎）が施したものとみられる。彼は宝暦期から明和期にかけて熱心に草双紙を愛好し、コレクションした人物であるようだが、他の幾つかの草双紙で、『四天王国めぐり』の例のように登場人物の顔の位置に色の付いた紙片が漉き込まれたところを胡粉で白く塗っており、鮮やかな彩色は、紙の汚れ（反古の痕跡）を目立たなくさせるといった意図もあったのではないかと、想像させる。

続いて、『近世物之本作者部類』で、漉き返し紙を、「古板の冊子」すなわち黒本体裁の後摺本と結びつけていたことについての検証結果を示す。当該書では新板物の初摺本は一冊六文で、黒本体裁の古板（後摺）は漉き返し紙を用いて作製し、一冊五文で売ったという。その一文の差で本文の紙質が異なるか、観察してみた。結果としては、青本体裁の初摺と、黒本体裁の後摺で、特に紙の品質に変わりはないと判断される。一例として国文学研究資料館蔵『金々先生栄花夢』の本文料紙の観察画像を示す（図27）。国文学研究資料館蔵本は青本体裁に青と紅の二枚題簽を配した初摺本であるが、本文料紙にはやはり、墨色の紙片が漉き込まれ、文字部分と重なっている。紙片や稲わらの表皮の漉き込みといった、紙質を低下させる夾雑物が散見され、黒本体裁の草双紙の紙質と大きく異なっているとはいえない。よって、青本体裁と黒本体裁が併存する期間において、価格に違いがあったとするなら、初摺では板木を作製するのに対して、後摺では不要であることを価格に反映させたと想定するのが順当な見方であろう。他の理由としては、新作か旧作かの情報の価値の差や、青本表紙に青色と紅色の題簽を取り合わせた初摺の装訂と、黒本表紙に紅色と白色の題簽を取り合わせた後摺の装訂とにかかるコストの差を根拠とした可能性を考えてみるのがよいように思われる。あまり時を隔てない場合の、同一の板元による初摺と後摺は、紙質に差はないと見込まれる。

その後の黄表紙展開期から合巻展開期の草双紙の紙質を追ってみると、印象としては、だんだんと紙が薄くなっていくようである。低品質の紙に摺られているという点では黒本青本も、黄表紙も共通しているのだが、低品質であることに繋がっている内容が時代が下るにつれて変化している可能性がある。

黄表紙の紙の粗悪さは、広い範囲に共通する特徴として、全体

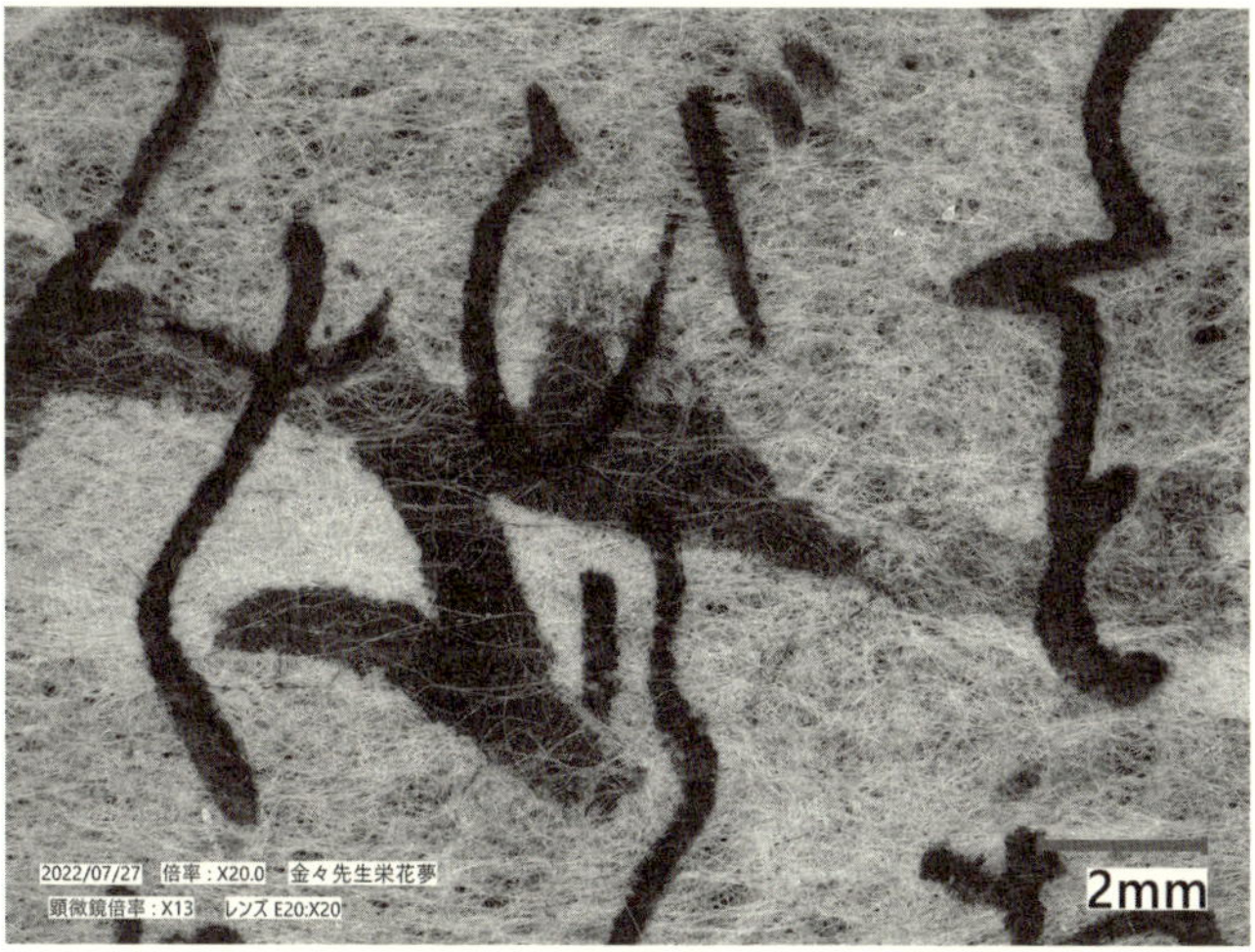

図27 『金々先生栄花夢』5丁裏本文料紙の拡大観察画像

的に紙がくすんで見えることと、簾の目に沿ったストライプ模様が目立つ点にある（この紙の特徴が何によるものなのか、黒本青本より黄表紙の紙のほうが簾の目が目立って見えることの原因の究明等については今後の取り組みによって明らかにしていきたい。現状は、裏打ちの補修の有無もしくは料紙の紙の厚さが影響している可能性を考えている）。また、黄表紙の紙は概して薄く、ムラがあることが多い。袋綴じしてしまうと目立たないのだが、紙を裂《さ》いたような、透けている部分のある紙に、そのまま印刷している例をよく見かける。これは一部の合巻についても当てはまるものである。同じ分量の材料からより多い枚数の紙を作製できれば経済的であるから、紙質を向上させる点で意味を持たない技術面の進化が起こった結果のようにも見える。現代人の感覚では、薄手の和紙といえば、雁皮紙などの艶《つや》と透明感のある高品質なものを想像するが、ここでいう薄手とは、二枚重ねのティッシュペーパーを一枚ずつに剝いで、ちょっと失敗したような感じである。紙漉きの担当者が枚数を稼ごうとしている姿を想像させる紙である。

一方、合巻展開期においては、上製本・並製本・廉価本のように、ひとつの作品について、装訂も摺りの品質も、価格も異なるものが販売されていたことが知られている。なかでも、『偐紫田舎源氏《にせむらさきいなかげんじ》』は、他の合巻に比して抜きんでて高品質な紙に摺られ、販売された伝本が確認されている（佐藤悟「『偐紫田舎源氏』の絶板と用紙」『書物学』一九号、勉誠出版、二〇二一年一月）。合巻の紙質を見ると、その多くは漉き返し紙ではない。佐藤は、その理由を、大きな規模のビジネスとなった草双紙（合巻）業界にとって、もはや町の反古を回収して製する紙では生産量が足りず、人工栽培によって安定的に入手できるようになった三椏が、その代わりに材料として使用されるようになった可能性を示す。この捉え方が正しいかの判断についても、今後の研究によって明らかになっていくと見込まれる。

本章冒頭の問いかけ「草双紙は臭い双紙か」に対する答えは「臭くはない」である。臭くはないが、草創期から長きに亘り、草双紙は品質の低い紙に印刷し、販売された。サイズも小さく、ページ数も少ない。安価で手が届きやすい読み物として、読者を獲得し、江戸の町に定着した媒体であった。顕微鏡越しに見える草双紙の紙からは、江戸の町の人々の営みや、身の丈に合った読書を楽しむ姿が想像される。

おわりに

本書は、黄表紙の有名作品に描かれる赤本・黒本の姿と、現在、モノとして存在する赤本・黒本青本は完全一致するものではないということを軸として、幾つかのトピックにまつわる事象を示してきた。誰かのフィルターを通して提供された情報を、そのまま鵜呑みにするのではなく、直にモノに対峙《たいじ》することの大切さを肝に銘じよという自らへの戒めでもある。

力量のある人の発言や導きは、時として事実よりも見映えがよく、正しいこととして目に映る。さっきまで感じていたちょっとした違和感や疑問を忘れ、この人が言うとおりなのだと、判断を相手に預けてしまうことに繋がりかねない。

草双紙研究においては、恋川春町や大田南畝が「力量のある人」である。春町が描いてみせる作品の世界は、魅力的でキャッチーだが、彼は意外と情報の扱いに粗雑なところがある作者だ。本書で示した範囲でいえば、「大木の生え際太いの根」を「大木の切口太いの根」と誤用したことがそれに当たる。安永七年（一七七八）『辞闘戦新根』の中で、作品のモチーフが大田南畝の『寝《ね》惚《ぼけ》先生《せんせい》文集《ぶんしゅう》』であることが明示されているし、二人の間に交流もあった様子なのに、「大木の切口」である。この作品で言葉遊びたちは擬人化されたキャラクターとして描かれるが、その造形まで間違ってしまっているのだ。「生え際」であったなら立派な大木として描かれたであろうに、切り株に目鼻を付けた姿になってしまっている。『菊寿草』では「生え際」としている。南畝先生は正しく認識しているのである。

もしかすると春町は正しい情報を共有していたかもしれない、それなのに、春町は不正確なかたちで作品に利用した、そのような経緯があったやもと想像した。言葉遊び好きの草双紙読みの一人として、「春町さん、センスはよいけどわきが甘いのよ」と文句のひとつも言いたくなってくるところだ。その一方で、「生え際」と「切口」の使用について、周囲の黄表紙作者の様子を窺うと、岸田杜芳は南畝にしたがい（『草双紙年代記』）、山東京伝（画号は北尾政演）は春町に倣っている（『御存商売物』）のを見ると、それはそれで何かが見えてきそうなのが興味深くもある（彼らが現代の大学生ならば、京伝君は論文の孫引きがばれて大目玉をくらうところである）。ちなみに、恋川春町は、鱗形屋の黒本青本でおいしいものの例示として使われた定型句「ひきの屋のあんころ（餅）」を、これまた勝手に改変し、「ひきの屋のどらやき」にしてしまってもいる。辞書類に掲載された項目も「ひきの屋のどらやき」のみである。恋川春町の才能と大雑把さの組み合わせは少々罪深いのである。

草双紙の初学者にとって悩ましいのは、ミスリードするのは春町だけではないことである。素敵すぎるくらいキャッチーに黄表紙の魅力や本質を「力量のある人」が解説してみせてくれたのを、素直に、無批判に受け入れたくなるためである。そのうえ、示された見解を、受け取り手が一部誤解するという落とし穴もある（筆者はこれまで何度も穴に落ちている）。

他人のフィルターを通して示された見解は、後に続いた人間によって再検証するのが筋である。結局、「力量のある人」の言うとおりだったとしても、道標となってくださった先行研究へのせめての恩返しである。うまくすると、研究をアップデートすることに繋がる可能性だってある。

だから、まず、自分で、フラットな気持ちで草双紙を読もう。

『金々先生栄花夢』的じゃないほうの草双紙も含めて掴《つか》む草双紙の世界はどんな姿をしているか。そして、それを踏まえた先で、『金々先生栄花夢』や黄表紙はいかに位置づけられるのだろうか。ひとつずつ理解を深めていきたいと思う。

あとがき

本書は、「データ駆動による課題解決型人文学の創成　～データ基盤の構築・活用による次世代型人文学研究の開拓～」（国文研ＤＤＨプロジェクト）および日本学術振興会科学研究費19K13062・24K03634による成果である。なかでも「五　草双紙は臭い双紙か」は、草双紙の本文料紙をデジタル顕微鏡で観察することについて取り上げた。これは、書物が含むマテリアル情報を研究活用することの有効性や今後の狙いを、少しでも読者に感じとってもらえるようにと目論み、示したものである。

繰り返しになるが、草双紙の印刷情報というものは、作品が生み出された時の江戸の町の情報と結びついている。それゆえに、書誌と本文の情報を掛け合わせれば、成立年代を絞り込み、編年的に追うことができる。その成果として、文学史では安永四年（一七七五）から文化初年（一八〇四）までの草双紙を区切って「黄表紙」と呼び、黒本青本と別の性質を持つものとして扱うことが定着した。しかし、黄表紙展開期間に刊行されたすべての草双紙が「黄表紙」的であったわけではない。黄表紙展開期に、さらには合巻展開期において、文学性としては赤本や黒本青本に近い作品も世に出ていたものと見込まれる。そこにさらに、印刷情報としては古い時代と結びつき、マテリアル（モノ）としては下った時代の後摺本を加えて草双紙の展開を見直すと、草双紙は案外定番的な内容の作品、いわばスタンダードナンバーによって支えられたジャンルであったといえる。そのような理解の下で今一度草双紙を整理することが、より順当な草双紙の評価に繋がるものと筆者は考えている。後摺本が作製・販売された時期を絞り込むための情報を有するものとしての表紙・題簽・本文等の紙を、各種分析機器を用いて解析する方法は、従来の草双紙研究成果を再検証するうえでも、新たな情報の獲得によって草双紙研究を進めるうえでも、有効性が高いものと大いに期待している。

今回示した紙質分析については、国文学研究資料館蔵の資料を対象に同古典籍データ駆動センターに設置される高精細デジタル顕微鏡（ＶＨＸ-８０００）による調査の結果を中心に成果を示した。紙質分析の方法について御指導いただいた江南和幸先生をはじめ諸先生方に御礼申し上げる。また、草双紙の原本調査や画像利用等を御許可いただいた諸氏・諸機関に感謝申し上げる。最後に、本書の執筆にあたって御教導賜った方々に深謝申し上げる。

二〇二四年十二月

松原哲子

主要参考文献

木村八重子「「日本小説年表」考——黒本・青本を中心に」『江戸文学』一五号、ぺりかん社、一九九六年五月

——『草双紙の世界——江戸の出版文化』、ぺりかん社、二〇〇九年

——『赤本黒本青本書誌 赤本以前之部』日本書誌学大系九五（一）、青裳堂書店、二〇〇九年

佐藤悟「赤本『風流なこや山三』について」『実践国文学』五七号、二〇〇〇年三月

——「草双紙に関するいくつかの疑問」『江戸文学』三五号、ぺりかん社、二〇〇六年十一月

松原哲子「草双紙における流行語の位置」『近世文芸』六八号、一九九八年六月

——「『草双紙年代記』考——上巻部分を中心として」『実践国文学』六九号、二〇〇六年三月

——「『菊寿草』考」『江戸文学』三五号、ぺりかん社、二〇〇六年十一月

——「実践女子大学図書館蔵『舌切雀』影印と翻刻」『実践女子大学文芸資料研究所 年報』二六号、二〇〇七年三月

——「鱗形屋板絵外題考」『近世文芸』八七号、二〇〇八年一月

——「明和三年刊鱗形屋板草双紙に関する検討」『実践国文学』七三号、二〇〇八年三月

——「『源氏重代友切丸』影印と翻刻」『実践国文学』七四号、二〇〇八年十月・「『源氏重代友切丸』補記——青本体裁、紅白絵外題の意味」『実践国文学』八七号、二〇一五年三月

——「草双紙の洒落言葉（一）——ならずの森の尾長鳥」『実践国文学』九〇号、二〇一六年一〇月

——「草双紙の洒落言葉（二）——どらやき・さつまいも・鯛のみそず・四方のあか」『実践国文学』九一号、二〇一七年三月

——「赤本についての一考察——『菊寿草』序文「花さき爺が時代」の意味するもの」『実践国文学』九八号、二〇二〇年十月

——「草双紙の本文料紙の紙質——高精細デジタル顕微鏡の観察結果を手掛かりに」『近世文芸』一一七号、二〇二三年一月

Laura Moretti and Satō Yukiko ed., *Graphic Narratives from Early Modern Japan: The World of Kusazōshi*, Brill's Japanese Studies Library, vol.77, Brill, 2024

◆草双紙を読むために

影印・翻刻および注釈を伴っているものを中心に主だったものを紹介

『近世子どもの絵本集 江戸篇』、鈴木重三・木村八重子編、岩波書店、一九八五年

『江戸の絵本』Ⅰ～Ⅳ、叢の会編、国書刊行会、一九八七―八九年

『叢』創刊号～四〇号、東京学芸大学叢の会、一九七九年四月―二〇一九年二月

『日本古典文学大系五九 黄表紙洒落本集』、水野稔校注、岩波書店、一九五八年（『金々先生栄花夢』を収録）

『日本古典文学全集四六 黄表紙 川柳 狂歌』、浜田義一郎・鈴木勝忠・水野稔校注、小学館、一九七一年（『金々先生栄花夢』を収録）

『新日本古典文学大系八三 草双紙集』、木村八重子・宇田敏彦・小池正胤校注、岩波書店、一九九七年

『新編日本古典文学全集七九 黄表紙 川柳 狂歌』、棚橋正博・鈴木勝忠・宇田敏彦注解、小学館、一九九九年（『金々先生栄花夢』を収録）

『江戸の戯作絵本』一～四、続編一・二、現代教養文庫、社会思想社、一九八〇―八五年（『金々先生栄花夢』を収録）／二〇二四年一月よりちくま学芸文庫として復刻

鈴木俊幸『江戸の本づくし――黄表紙で読む江戸の出版事情』、平凡社新書、二〇一一年

Laura Moretti, *Recasting the Past: An Early Modern Tales of Ise for Children*, Brill Academic Pub, 2016（『伊勢風流／続松紀原』を影印・翻刻し、注釈も付す。国文学研究資料館本と大英図書館本とを全丁掲載する）

掲載図版一覧

図１・２・カヴァー図版　『立春大吉／色紙百人一首』　国文学研究資料館蔵
DOI 10.20730/200011822

図３-５・21・27　『金々先生栄花夢』　国文学研究資料館蔵
DOI 10.20730/200015145

図６　『赤本聖徳太子』　東京都立中央図書館加賀文庫蔵　DOI 10.20730/100053222

図７　『万ざい』　東京都立中央図書館東京誌料蔵　DOI 10.20730/100076864

図８　井筒屋板『文福茶釜』　稀書複製会本　原本不明

図９　鱗形屋板『ぶんぶく茶釜』　国立国会図書館蔵

図10・12・14　鱗形屋板『したきれ雀』　実践女子大学図書館蔵

図11・13・15　山本板『舌切雀』　実践女子大学図書館蔵

図16-18・カヴァー図版　鱗形屋板『塩売文太物語』　国立国会図書館蔵
DOI 10.11501/2533276

図19　『源氏重代／友切丸』　国立国会図書館蔵　DOI 10.11501/10303863

図20・カヴァー図版　『伊勢風流／続松紀原』　国文学研究資料館蔵
DOI 10.20730/200012536

図22　『草双紙年代記』　国立国会図書館蔵　DOI 10.11501/9892589

図23　『男一面髭抜鏡』　国立国会図書館蔵　DOI 10.11501/8929353

図24　『親々孝経／唐人之寝言』　東京都立中央図書館加賀文庫蔵
DOI 10.20730/100053884

図25　『思案閣女今川』　実践女子大学文芸資料研究所蔵

図26・カヴァー図版　『四天王国めぐり』　国文学研究資料館蔵
DOI 10.20730/200019979

松原哲子（まつばらのりこ）
1973年、神奈川県生まれ。実践女子大学大学院博士後期課程満期退学。博士（文学）。現在、国文学研究資料館特任准教授。専攻、日本近世文学。共著に、*Graphic Narratives from Early Modern Japan: The World of Kusazōshi* (Brill's Japanese Studies Library, vol.77, 2024)、論文に、「鱗形屋板絵外題考」（『近世文藝』87、日本近世文学会、2008年）、「赤本についての一考察――『菊寿草』序文「花さき爺が時代」の意味するもの」（『實踐國文學』98、2020年）、「草双紙の本文料紙の紙質――高精細デジタル顕微鏡の観察結果を手掛かりに」（『近世文藝』117、2023年）などがある。

【お問い合わせ】
本書の内容に関するお問い合わせは
弊社お問い合わせフォームをご利用ください。
https://www.heibonsha.co.jp/contact/

ブックレット〈書物をひらく〉33
草双紙って何？――赤本・黒本青本は主張する
2025年2月20日　初版第1刷発行

著者　松原哲子
発行者　下中順平
発行所　株式会社平凡社
〒101-0051　東京都千代田区神田神保町3-29
電話　03-3230-6573（営業）
装丁　中山銀士
DTP　中山デザイン事務所（金子暁仁）
印刷　株式会社東京印書館
製本　大口製本印刷株式会社

ISBN978-4-582-36473-6

平凡社ホームページ https://www.heibonsha.co.jp/

刊行の辞

書物の世界へ／書物を世界へ――。

＊　＊

二〇一四年度から一〇年がかりで国文学研究資料館が取り組んだ文部科学省大規模学術フロンティア促進事業「日本語の歴史的典籍の国際共同研究ネットワーク構築計画」では、国内外の大学等と連携して古典籍三〇万点（三三〇〇万コマ）をデジタル画像化し、それを「国書データベース」で公開した。「誰でも／どこでも／無料で」アクセスできるこの大規模画像データベースの登場によって、日本文学の「研究方法」は劇的な変貌を遂げた。そしてその利用者は、日本文学の研究者コミュニティに留まらず、人文・社会科学や自然科学の研究者、あるいは古典を愛し文化に心を寄せる多くの市民の皆さまに利用されて、今に至る。

このブックレットは、その研究成果を発信するために企図され、二〇一六年に第一冊を出し都合三十一冊を刊行、伊勢物語や百人一首などの日本文学はもとより、オーロラや和算、博物学、水害対策等さまざまな領域に及ぶその内容は、〈書物をひらく〉というシリーズ名のとおり、たくさんの読者に迎えられた。

今度は二〇二四年度より一〇年の計画で、国文研は文部科学省大規模学術フロンティア促進事業「データ駆動による課題解決型人文学の創成～データ基盤の構築・活用による次世代型人文学研究の開拓～」（国文研DDHプロジェクト）に取り組んでいる。ブックレット〈書物をひらく〉では引き続き、この事業の多岐に亘る研究成果をお届けする。

＊　＊

人びとの感性・感情や知《インテリジェンス》は、すべて〈古典〉に詰まっている。過去をひらいて未来につなぐその「贈りもの」として、このブックレットで生み出される多様な書物たちが、手に取ってくださる皆さまをちょっぴり豊かに、何より幸せにいざなうことができたならと、切に願ってやまない。

ブックレット

〈書物をひらく〉

1 死を想え『九相詩』と『一休骸骨』 今西祐一郎
2 漢字・カタカナ・ひらがな　表記の思想 入口敦志
3 漱石の読みかた『明暗』と漢籍 野網摩利子
4 和歌のアルバム　藤原俊成　詠む・編む・変える 小山順子
5 異界へいざなう女　絵巻・奈良絵本をひもとく 恋田知子
6 江戸の博物学　島津重豪と南西諸島の本草学 高津　孝
7 和算への誘い　数学を楽しんだ江戸時代 上野健爾
8 園芸の達人　本草学者・岩崎灌園 平野　恵
9 南方熊楠と説話学 杉山和也
10 聖なる珠の物語　空海・聖地・如意宝珠 藤巻和宏
11 天皇陵と近代　地域の中の大友皇子伝説 宮間純一
12 熊野と神楽　聖地の根源的力を求めて 鈴木正崇
13 神代文字の思想　ホツマ文献を読み解く 吉田　唯
14 海を渡った日本書籍
ヨーロッパへ、そして幕末・明治のロンドンで ピーター・コーニツキー
15 伊勢物語　流転と変転
鉄心斎文庫本が語るもの 山本登朗
16 百人一首に絵はあったか
定家が目指した秀歌撰 寺島恒世
17 歌枕の聖地　和歌の浦と玉津島 山本啓介
18 オーロラの日本史
古典籍・古文書にみる記録 岩橋清美　片岡龍峰

19 御簾の下からこぼれ出る装束
王朝物語絵と女性の空間 赤澤真理
20 源氏物語といけばな　源氏流いけばなの軌跡 岩坪　健
21 江戸水没　寛政改革の水害対策 渡辺浩一
22 時空を翔ける中将姫　説話の近世的変容 日沖敦子
23 『無門関』の出世双六
帰化した禅の聖典 ディディエ・ダヴァン
24 アワビと古代国家
『延喜式』にみる食材の生産と管理 清武雄二
25 春日懐紙の書誌学 田中大士
26 「いろは」の十九世紀　文字と教育の文化史 岡田一祐
27 妖怪たちの秘密基地　つくもがみの時空 齋藤真麻理
28 知と奇でめぐる近世地誌
名所図会と諸国奇談 木越俊介
29 雲は美しいか　和歌と追想の力学 渡部泰明
30 八王子に隕《お》ちた星　古文書で探る忘れられた隕石 森　融
31 雨森芳洲の朝鮮語教科書『全一道人』を読む 金子祐樹
32 紫式部の「ことば」たち
源氏物語と引用のコラージュ 中西智子
33 草双紙って何？　赤本・黒本青本は主張する 松原哲子